# 水無月の雨

## ——細川家騒動——

斎藤　光顕

郁朋社

# 水無月の雨／目次

装丁／宮田麻希

# 水無月の雨

――細川家騒動――

# 一　新たなる戦い

## (1)

戦いの終わりは新たな戦いの始まりでもある。争いの芽は人知れず息づき潜んでいる。細川忠興は関ヶ原の役において前哨戦となる岐阜城攻略を皮切りに常に東軍の先鋒として戦いその功は隠れないものであったことから大幅な加増が約束されていた。忠興の父幽斎も僅か五百ばかりの兵で丹後田辺城に籠城し二カ月に渡り一万五千の西軍を引きつけ抵抗を続けた。このことは徳川方にとって大いに有利に働いた。早々に開城し取り囲んでいた西軍が関ヶ原に向かっていれば戦局は大きく変わっていたであろう。とはいえ細川家の戦功の陰には大きな犠牲もあった。大坂玉造屋敷で留守をしていた忠興夫人玉（ガラシア）が大坂方の人質になることを拒み屋敷に火を放ち命を絶ったのだ。忠興が嫡男忠隆、次男興秋と共に会津上杉討伐のため小山に在陣していたときのことだ。

西軍に対し忠興の妻玉が一歩も引くことなく壮絶な死を遂げたことは小山に集まった東軍の諸将に衝撃を与えた。だれもが玉の死を悼むとともに西軍への敵愾心が一気に高まった。玉の死はその後の忠興の働きや、幽斎の籠城よりも遥に大きな影響を東軍に与えたといえる。

凱旋し玉造屋敷の焼け跡に立った忠興は佇んだままいつまでも動こうとはしなかった。家臣も気を遣い近づくことを憚った。柱までほとんどが灰となり、骨らしいものは何も残ってはいない。遺骨と思われるものはすでに家臣の手によって移されていた。忠興は玉が最期を遂げた居間のあったと思われる場所の白い灰をすくい上げ握りしめた。強く握りしめれば握りしめるほど灰は指の隙間から零れ落ち宙に舞っては消えていく。それはあたかも掴み得なかった玉の心でもあるかのようだった。

思えば玉と心が通じあえたことはついになかったのかもしれない。織田信長の勧めにより明智家より娶った玉だったが、当時明智光秀は信長の主将の一人であり細川家の上位にあった。その誇りを持って嫁いできた玉は透き通るような白い肌をもち瞳は吸い込まれるような深みをたたえていた。玉の魅力にすっかり心を奪われた忠興だったが、玉は気位が高く決して従順な妻とはいえなかった。それでも忠興は玉に異常なほどの愛情を注いだ。ところが結婚から四年、玉の父光秀が信長を討つという謀叛を起こした。忠興は父藤孝（幽斎）の指示もありすぐさま玉を丹後山中の味土野《みどの》に幽閉・監禁した。それは明智家には断じて加担しないという毅然たる態度を内外に示すとともに、玉の身に累が及ばぬようにする意図でもあった。

味土野での生活は二年に及んだが信長の後継として躍り出た羽柴秀吉の計らいで幽閉は解かれた。幽閉が解かれたとはいえ信長遺臣の報復を案じる忠興は玉が大坂屋敷から外出することを厳しく制限した。それは好色な秀吉の目にとまることを避けるためでもあった。ところがこうした窮屈な生活の中に置かれたことで玉はかつて忠興から聞いたことのあるカトリックの教えに魅かれそれに救いを求めるようになっていった。

忠興としては高山右近から聞いたことのある話をなにかの折に話しただけで、それが後々玉に大きな影響を与えるようなものだとは夢にも思っていなかった。ところが自分に対して一歩も引かない強い面がある玉が神の教えに対しては従順で、心のよりどころを夫にではなく神に求めていくようになり大いに戸惑い嫉妬するようになった。しかしこればかりは玉の心の内のことだけに如何ともし難かった。忠興は玉にあてつけるかのように次々と側室を置いたが、玉はそれによって動揺することなく、それどころかより一層身も心も神に委ねるようになっていった。忠興は側室を置きはしたが玉に代わる者はいるはずもなかった。

「散りぬべき　時知りてこそ　世の中の　花も花なれ　人も人なれ」

辞世の句でこう詠んだ玉は夫忠興を置き去りにして逝ったのだ。

焼け跡に立つ忠興に改めて強い怒りが込み上げてきた。玉の命を奪った石田三成は既にこの世には居ない。やり場の無い怒りは長男忠隆の妻千世《ちよ》へと向かった。千世は玉造屋敷から隣の宇喜多秀家の屋敷へ逃れていたのだ。宇喜田家には千世の姉豪姫が嫁いでいることからその姉に庇護を求めたのだ。ところが当主秀家は毛利輝元と並んで敵方西軍の大将だ。このことで細川家は西軍に通じていたとの疑いを掛けられないとも限らない。千世が玉に殉じなかったこともさることながらそれ以上にこのような疑惑を招くような振る舞いをしたことが忠興としては許し難かった。直ちにこの疑いを晴らさねば関ヶ原で挙げた功など消し飛んでしまいかねないと考えた忠興は屋敷に戻るなり忠隆に千世とすぐさま離縁するよう命じた。

ところが忠隆は一時的に姉の元に身を隠しただけのことだと言ってあくまでも千世を庇い一歩も譲らなかった。今は妻への愛情を貫き通せるような時代ではないと考える忠興が納得するはずもない。話は平行線を辿ったが忠隆はひとまず千世を京の屋敷に移し、そのうえで自らは焼き払われた領国の復興のため丹後へ向かうと言った。忠興の気持ちが静まるのを待ち改めて許しを請おうとしたのだ。忠興も領国の治安の乱れを放っておくことはできないことから忠隆の丹後行きを許した。その一方で千世のことはよくよく考えて返事をするようクギを刺すことは忘れなかった。

丹後に向かった忠隆は西軍に占拠されていた田辺城を修復し、城下で頻発していた強奪を厳しく取り締まり治安の回復に努めた。多忙を極める日々が続き十一月も半ばとなったときのことだった。忠隆にとって思いもよらないことが起きた。突然千世が忠隆の居る高守城に現れたのだ。知らせを聞いた忠隆は胸騒ぎを覚えながら急ぎ千世を居間に通した。

（父の怒りをこれ以上買うようなことがあってはならない。千世をなだめ京に戻さなくては）

こう思いながら居間に入ると千世は俯いたまま両の手に視線を落している。もともと色白な千世だが頬は青白くその姿は燭火の影の中にかき消えてしまいそうなほどはかなく映った。

「屋敷に立ち寄ることができずに済まなんだ。領国の仕置きに目途を立ててから呼び寄せるつもりでいたのじゃ」

千世は忠隆の言葉に答えることなく握りしめた両の手をじっと見つめている。その先には何が映っているのだろう。燈明は息をこらすように揺らぎもせずに二人を照らし出している。

やがて千世は顔を上げた。それは今までに見せたこともない思い詰めた表情だった。

「忠隆様、どうかこの千世をこの場で刺してくださりませ」

千世の思いも寄らぬ言葉に忠隆は思わず目をみはった。千世は訴えかけるような瞳を忠隆に向けている。

「何を申すか、戯れにもそのようなことを申すものではない」

「何で戯れなど申しましょう、千世は母上をお守りできなかったのです」

「それはやむを得なかったことじゃ、そなたに何の咎があろう」

「私は母上のお側を離れてはならなかったのです。そうすれば例えお助けできなかったにしてもお供することができたはず」

「そのようなこと母上が望んでいたと思うてか」

「いえ留守を果たせなかったのは千世の落ち度でございます。どうかあなた様のお手でこの命を断ってくださりませ。そうすればお父上に対しても面目も立ちましょう」

それは今までたまっていた感情が堰を切って溢れ出たのかのような言葉だった。千世は忠隆に会いたい一心で高守城に来たわけではなかったのだ。陣屋で千世と嫡男熊千代の無事を聞き立ち寄ることなく丹後に向かった忠隆だったが今さらながら一目会って声を掛けておくべきだったと悔んだ。そうしておけばその一言が心の支えとなったことだろう。しかしそれも玉を失った父忠興の心中を思うと憚らざるを得なかった。一方、千世は千世で義母の死のことで今までずっと自分を責め続けていたのだろう。忠隆はその心情を察することができずにいた。京屋敷に留まっていた千世の元には離縁を迫る父忠興の声が届いていたに違いない。ところが忠隆は荒れた領国の治安を一日も早く取り戻さなければならないという思いもあり千世の心中を察することが疎かになっていた。今となっては千世にはどんな慰めの言葉も空しく響くだけだろう。忠隆は掛ける言葉が見つからぬまま千世の肩に手を添え気持ちを落ち着かせようとした。その肩はハッとするほどに細かった。

（千世と離縁するようなことになれば前田家に戻ることなく必ずや自害するに違いない）

忠隆はこう思った。

やがて千世は忠隆の腕から離れ居住まいを正すと涙をこらえながら三成勢が押し入ったときのことを語り始めた。辛くはあるが義母の最期を忠隆に伝えなければならないと思ったのだろう。


三成の元から大坂城に入るよう要求してきたとき玉は毅然として拒み一旦は引き下がらせた。しかし十七日の日改めて三成の使者がやって来て屋敷の周囲を取り囲んだ。そのとき表門を守備していたのが鉄砲隊を率いる稲富祐直《いなとみすけなお》だった。祐直は当代一の砲術の名手として一目置かれている存在であることから三成の遣いは屋敷に踏み入ることをためらった。ところが鉄砲の名手だからこそその限界も見通せるのだろう。屋敷を厳重に取り囲まれたことで抵抗にも限りがあると悟ったのか説得に応じて門戸を開いて何処へと姿をくらましてしまったのだ。屋敷内に三成の使いが踏み込んだことを知った玉はすぐさま側室の阿喜多《あきた》や侍女たちに屋敷から逃れるよう命じた。千世にも隣の宇喜多屋敷に逃げるように命じた。秀家の元に嫁いだ千世の姉豪姫には受け入れの了解を得ているというのだ。千世は共に逃げるよう進言したが玉はそれには首を振り一刻も早く屋敷から離れるよう厳しく命じた。そのとき動揺する様子もなく余りにきっぱりと言い切るので千世は少斎ら近習がすでに玉の逃げる算段を立てているものと思い、言われるがまま二歳になる熊千代を抱きかかえ宇喜多屋敷へ逃れた。細川屋敷に火の手が上がったのはそれから間もなくだった。火の手は宇喜多屋敷からもはっきりと見てとれた。炎に紛れ玉もまた屋敷から逃れたとばかり思っていた千世だったが後になってその炎の中で玉が命を絶ったことを知り気も狂わんばかりにとり乱した。

「命を断たれるお覚悟だと知っていたなら何で母上を置いて逃げたりしたでしょうか」

悲しみと悔恨の入り混じった感情をこらえきれず千世の目から涙があふれ出た。それは恐らく今まで幾度となく繰り返し押し寄せてきた悔恨の念なのだろう。義父忠興から母を置いて逃れたと思われている千世は京の屋敷では身を置く処が無かったに違いない。

「母上はそなたと熊千代を助けたい一心でそのように申されたのであろう。それなのに命を断つなどと申せば母上の意に叛くことになろうぞ。そなたのことはわしが必ず守る。それ故これ以上己を責めるではない」

忠隆は千世を抱き寄せた。千世の息づかいが胸を通して伝わってくる。千世の涙は忠隆の胸に深く滲みこんだ。

(何があっても千世を守り通さなくては)

忠隆はこのとき固く心に誓った。

（父上に言われるがままに離縁し国元に返すようなことをすれば千世は自害するに違いない。父上は母上と共に死ぬべきだったというが、そのようなことを母上が望むはずもない）

忠隆はそう思う一方で母玉の死は父忠興が招いたものだったのではという思いが拭えなかった。


上杉討伐に諸大名がこぞって東国に向かった隙を突いて佐和山に蟄居していた石田三成は挙兵した。三成を奉行の座から追い落とした加藤清正、黒田長政、福島正則らは上杉討伐に向かえば大坂屋敷に残した妻子が大坂方によって人質に取られる恐れがあることを予測しその対策を前もって立てていたことで最悪の事態を免れることができた。ところが父忠興は当初から妻の玉を逃すことなど考えてはいなかった。それというのも国元の丹後は大坂から余りに近くたとえ逃げたところで大坂方の追っ手から逃れることは難しい。現に丹後を守る幽斎は三成方軍勢一万五千に取り囲まれ田辺城に籠ることとなった。厳しい監視下に置かれた玉造の屋敷を抜け出すとなると輿に乗るわけにもいかず人目につかない身なりをして下男下女の助けを借りなければならない。不運にも敵の手に捕まるようなことになればその姿を衆目の前に晒すことになる。玉の身の回りを警護する小笠原少斎や河北石見ら重臣ですら襖越しで声を掛け、その姿を見ることを憚り、御前に出ることができるのは霜《しも》をはじめとする少数の侍女に限られていた。そのようにしてまで妻が他の者と接触することを極端に嫌った忠興は出陣している間に万が一にも玉の名誉が傷つけられるようなことが生じれば妻の命を絶ち、警護する者たちも殉じるよう命じていたのだ。

かつて玉の父明智光秀が本能寺において主君信長を討って逆臣となったときすぐさま玉を丹後味土野の山中に幽閉した忠興だったが、今回に限って万が一の事態が生じたとき妻が難を逃れる策を講じることはなかった。その真意はどこにあったのか、そして母は何故死なねばならなかったのかという疑問が忠隆に付きまとって離れない。

(母上は小笠原少斎、河北石見ら警護役を除き仕えていた者たちをことごとく屋敷から逃した。母上ご自身も逃げようと思えばできないことはなかったかもしれない。しかしかつて逆臣の娘という汚名を着せられたことで「留守を預かることもできなかったのか」と後々、後ろ指さされることは何としてでも避けたかったのだろう。それは父上の妻というより明智の娘としての誇りが許さなかったのかもしれない)

忠隆はこう思った。

(巷では『大坂方に一歩も引かぬ姿勢を貫き命が絶たれようと、それによって主と信じる神の元に行くことができるのであれば何も恐れることはなかったのだ』といってあたかも殉教したかのように言っている者もいるようだが、わしはそうは思えぬ。母上は偏《ひとえ》にご自分のお気持ちに正直であろうとなさりご自身を束縛するものすべてから解き放たれることを望んでおられたのではあるまいか。そう、すべてものから。そのためには死をも厭わなかった。ただご自分の信念を貫き通すことによって周りの者たちを巻き込むことは望まなかった。侍女たちをことごとく屋敷から逃したのはその表れだろう。側を離れようとしなかった千世を厳しく叱り屋敷から離れるよう命じたのもそのためだ。その母の意に応えるためにも何としてでも千世を守らなくてはならない）

忠隆は父の怒りを避けるため一旦千世を実家の前田家に預け、父の怒りが収まるのを待とうと考えた。

（2）

忠隆は千世と熊千代を輿に乗せ自らは騎馬で十人の従者と共に丹後を出て尾山（金沢）の加賀藩主前田利長の元へ向かった。十一月末の霙交じりの寒い日だった。険しい道のりを経てようやく加賀に入った忠隆は利長の元に使いを走らせた。ところが利長からは、「病で伏せているので今は会うことができない」という返事が返ってきた。忠隆はやむなく利長の回復を待つため加賀のはずれにある大聖寺に身を置いた。ところがそのときすでに前田家には家康から忠隆の件には関わらぬようにとの達しが届いていた。そうとは知らぬ忠隆は寺に留まり利長の回復を待った。利長に直接会って千世の身を一時託そうとしたのだ。しかし事態を察した千世は思い詰めた様子で忠隆に言った。

「このままではあなた様までに災いが掛かるやもしれません。もう自害するなどとは申しません。その代わりにどうか千世を離縁してください。私をこのままこの寺に置いていかれればきっと兄上は迎えを寄こすことでしょう」

「何を申すか、なんでそなたを残していけようか。何も案じることはない」

忠隆は後に引くわけにはいかなかった。

(どこまでも千世を守らなくてはならない)

忠隆はその後も大聖寺に留まり利長の返事を待った。しかし今の利長は父利家の死後、家康暗殺計画に加わったとの疑いを掛けられたことで母芳春院《ほうしゅんいん》(まつ)を江戸に人質として差し出し屈服の意を表していたことから、家康の意向に背くようなことは万が一にもできなかった。かくして忠隆は利長に会うことができぬまま千世を伴い空しく丹後へ引き返さざるを得なかった。

忠隆が千世と共に加賀に向かったことを知った忠興は烈火のごとく怒った。

「忠隆は細川家を潰す気か」

忠興は二十一歳と若い忠隆が情に流されていると受け取ったのだろう。忠興は常々子供たちに言って聞かせてきたことがある。それは外交と内政だ。外交とは対徳川対策であり、細川家を存続させるため家康の意向を汲みとりその意に違わぬよう領国の舵取りをしていくことだ。いま一つの内政とは家中をひとつにまとめ徳川家に決して隙を見せないようにしていくことだ。

家康は今、敵対した大名を取り潰し、あるいは減俸し徳川の世を盤石なものにしようとしている。そんな中、些細なことでも疑いを掛けられれば後々、禍根を残すことになる。東軍についた細川家とて足並みが乱れればいつ何時不信の条々を突きつけられないとも限らない。徳川重臣に誼を通じ情報を集め細川家として取るべき方向を見極め藩内をまとめていこうとする忠興にとって命に従わないことは謀叛に等しいのだ。それは例え我が子であろうと変わりなかった。

十二月に入り忠興が丹後の田辺城に戻ってきた。高守城に戻っていた忠隆は早速駆けつけたが父は大坂で別れた時の顔つきはとは大きく変わっていた。そのとき細川家は関ヶ原の役の戦功により飛び地豊後杵築六万石を含む丹後国十八万石から豊前国三十九万九千石に移封されることが決まっていた。忠興は忠隆の挨拶も終わらぬうちに厳しい口調で尋ねた。

「忠隆、その方千世と未だに別れてはおらぬのか」

忠興が怒ると目が座ってくる。鼻筋が通り端正な顔立ちなだけに表情の変化が表れやすい。怒気を含んだ父の問いに忠隆はすぐに言葉を返すことができずにいた。

「千世を連れ加賀まで行ったというが何故そのまま置いてこなんだのじゃ。その方、己の立場をなんと心得ている」

忠隆は両手を付いたまま答えた。

「母上は熊千代を助けたかったのです。それ故千世と共に逃したのです。千世ばかりではございません。母上は叔母上にも逃げるよう命じられたのです」

「そなたは千世をほかの女子とを同じように考えておるのか。卑しくも嫡男の嫁ぞ。母を置いて逃げるような女は細川家の嫁として置いてはおけぬことぐらい分からぬのか」

「お言葉ですが母上はそのようなことを果たして望まれたでしょうか。母を失ったのは私とて無念この上ありませぬ。したが母上は千世に生きるよう申されました。憎むべきは屋敷に踏み入った石田治部少輔配下の者たちです。千世に何の咎がありましょう」

屋敷を逃れた者の中には忠興の側室阿喜多の方も含まれていたがさすがにその名を出すこと

は差し控えた。忠隆の弁明を聞いていた忠興のこめかみにはくっきりと青筋が浮き出てきた。

「そなたは細川家の嫡男ぞ。母を置いて逃げ家名を辱めた嫁を細川家に置いておこうというのか」

　忠興の声は居間の障子を震わせた。忠隆は両手を床に付いて父の言葉を聞いた。それでも忠隆は母玉が謀反人の娘となったときに父がとった行動に照らし合わせ、必ずや怒りを納めるときがくると信じた。そのとき父忠興は光秀の娘とはいえ謀叛とは一切かかわりのない妻を何としてでも守ろうとした。忠隆が千世に対する思いはそれと少しも変わることはない。


　忠興は一呼吸置いた忠隆を睨めつけるようにして言った。

「今一度訊ねる。忠隆、その方千世を離縁するか、それともこの家を出るか、その存念を聞こう」

　今までの激昂していた忠興は一転して凍りつくような口調で言った。それは忠興にとってむしろ遅すぎた問いだったのかもしれない。返事一つで事態は一変する。千世の運命も掛かっている。長い沈黙が続いた。忠隆の額に油汗が浮かび上がった。息を吸い込んだまま吐くことができぬような緊張に見舞われた。千世を手放す気持ちは微塵もない。それは高守城に現れた時の消え入りそうな千世の姿を見た時、心に誓ったことだ。しかしそのことを今、口にすべきかどうか決心がつきかねている。それによって父の怒りを一層煽ることになることは避けられないからだ。父忠興は目に異様な光を宿している。これ以上ことを曖昧にしておくことは許さないというかのような眼光だ。忠隆は覚悟を決め一言一言噛みしめるような口調で答えた。

「やはり千世を見捨てるわけには参りませぬ」

忠興は一瞬目をむいた。忠興は感情を押し殺したまま尋ねた。

「細川家と縁を切ってまでということか」

喉元に刃を突き立てるような忠興の口調だった。

「千世をこのまま見捨てては人の道に外れましょう」

「家を傾けてまで通すのがその方の申す人の道なのか。そなたの存念はよう分かった。これ以上は何も言うまい。下れ」

忠隆は父に一礼するとその場を去った。ついに親子の思いが交わることはなかった。家康が両家の姻戚関係を快く思っていない以上前田家との縁を断ち切らねばならないと考える忠興は、なんとしてでも忠隆に千世と離縁させようとしたが、忠隆は頑なに拒んだ。忠興は忠隆が豊前に行くことを許さなかった。

十八万石の丹後領主から四十万石に近い豊前国主となれば今までとは比較にならぬほどの重責を負うことになる。豊前は九州の出入り口に当たり肥後の加藤、薩摩の島津という大藩の押さえとならなければならない。九州の諸大名に対して強く出れば反発を買い、かといって物分かりが良すぎれば押さえが効かない。それが元で徳川家から信頼を失えば一国の存続に関わる事態を招くことになる。かつて佐々成政は秀吉から肥後一国を与えられたが統治に失敗し切腹の憂き目に遭っている。政権が家康に移った今、父忠興がほんの僅かでも徳川家から不信を買うようなことがあってはならないと思っているのは確かだ。

十二月末、細川家が豊前中津城に入部する際、忠興は家康に長男忠隆を廃嫡した旨届け出た。どうしても千世と別れない忠隆を切り捨てることによって前田家との関係を断ったことを明らかにしようとしたのだ。家康がこれをどう受け取ったかは定かではない。用心深い家康は忠隆を廃嫡したといっても千世と別れない限り細川家と前田家の繋がりは絶たれたことにはならないと考えかねない。弟の興秋は兄忠隆の廃嫡については最後まで反対した。

「兄上は人望も厚く誰もが細川家の跡取りとして期待を寄せてきました。兄を失うようなことになれば細川家にとってこのうえない損失になるでしょう」

こう父に訴えた。ところが忠興は言下に興秋の進言を封じた。

「そなたは肉親の情にほだされて家の行く末を誤っても良いと考えるのか！」

忠興には前田家と細川家の結びつきを警戒する家康に対して興秋は警戒心が余りにも足りな

いと映ったのだ。興秋は養子に出た身であることからそれ以上本家のことに口を挟むことはできなかった。九州入りを許されなかった忠隆はやむなく武士を捨て「無休」と号した。忠隆は何があっても千世を守り抜くという誓いを貫いたのだ。

忠興は小倉の支城には忠隆に替え、城代として忠興の弟興元を指名し養子興秋もそれに従うよう命じた。興秋も最後は父の命に従わざるを得なかった。


翌年の七月七日、忠興は中津城において先の合戦で功のあった家臣すべてを集め饗応した。特に細川興元、松井康之、有吉立行ら三人の功を賞した。忠興の次弟興元は岐阜城攻めと関ヶ原での戦いで功を立て、康之と立行は飛び地である豊後杵築城の城代として攻め込んできた大友義統《よしむね》の軍を退け九州の動乱を鎮める功を立てた。興元と康之には五千石が与えられ共に二万五千石扶持となった。また立行には三千石が与えられた。褒美は合戦で手柄を立てた者達すべてに与えられただけでなく、特に功のなかった者たちにも反物や棒銀が与えられた。この日誰もが驚いたのは忠興の末弟孝之が二万五千石となり興元や康之と肩を並べたことだった。孝之は当年十七歳で先の戦ではこれといった戦功もなかっただけに誰もが目をみはった。

幽斎が国替え後はじめて中津に訪れたのは十二月中旬のことだった。幽斎はこの年の二月病に倒れ京の吉田屋敷で静養していた。今ではすっかり病も癒え血色も良くなった幽斎は祝いに駆けつけた重臣たちの挨拶を上機嫌で受けた。しかしその中に興元の姿はなく名代として興秋が出向いた。

「興元殿は如何いたした」

「はい、身体を壊し伏せております」

日頃、病気には縁遠い興元が病と聞きいぶかしげな顔をしたが、「そうか」と一言いっただけでそれ以上そのことについては触れなかった。

（3）

年が明け、八月には上杉景勝が陸奥・会津百二十万石から出羽米沢三十万石へと減封された。会津には宇都宮城主蒲生秀行が六十万石を与えられ入部した。当年十六となり『忠利』を名乗るようになった忠興三男光千代は秀忠の覚えめでたく小姓衆と共にお供を許されることもしばしばあった。十月半ば忠利は秀忠の兵法稽古の供を許された。

秀忠の兵法稽古は本丸曲輪内で行われる。弓三十射に始り、乗馬、剣術と毎日規則正しく行われる。その秀忠が掃き清められた中庭に立った。回廊の階段脇には太刀持ちが控え、櫓を背にして四名の小姓が侍っている。その横に忠利も着座した。
秀忠はこの年二十三歳となり十歳の豊臣秀頼とともに三月には相次いで権大納言に昇進した。秀忠は恰幅は良いが色白で小太りで一見して武芸は不得手に見える。細い眉と少し下がった目尻、小さな口に薄い髭などからくる印象は武将というより公家の風貌といえる。しかし未だかつて稽古を厭うようなことは一度としてない。日頃から心身を鍛練するようにという父家康の言いつけを忠実に守っているのだ。

兵法指南役の柳生宗矩は当年三十一歳ともっとも油が乗り切る年齢にさしかかっている。先の関ヶ原の役では父石舟斎が大和周辺の豪族に対し工作を行った功で旧領柳生の地二千石を回復し、さらに兵法指南役として一千石を与えられた。この年九月には秀忠から誓紙を受け正式に兵法師範となり、道三《どうさん》川岸《がし》に屋敷を与えられていた。太く長い眉と鋭い眼光、顔の中央には太い鼻梁がでんと構え、真一文字に閉じた口元に髭を蓄えている。背丈は並だが宗矩の周囲は常に異なる空気に包まれているかのようだ。

秀忠に相対して宗矩が撓《しない》を構える。この兵法家は秀忠とは臣下の礼をとらず、兵法指南役の立場にある。これは父石舟斎（宗厳）の訓えによるもののようだ。

宗矩と秀忠は相正眼に構えた。

「必勝」

そう言うと宗矩は正眼のままサラサラと前に進み出て、振りかぶるや正面から振り下ろした。秀忠は振り下ろされた宗矩の撓を打ち落とし、剣先を宗矩の胸元につけた。

秀忠は撓を引いて正眼に戻ると、後ずさりしてもとの位置に戻る。

「逆風」

宗矩が声を発すると秀忠は間を詰めていき宗矩の撓を打ち落としてその小手を制した。

「その呼吸でございます」

宗矩は大きく頷いて言った。

宗矩は打太刀として次の技に移っていく。それを見ながら忠利は何か物足りなさを感じていた。確かに秀忠は宗矩の打ちを捌いて打ち込んではいるが、忠利の目から見ても踏み込みが十分とはいえず、相手の動きを制しているようには見えない。宗矩もまた、秀忠の足元まで撓を打ち落とされた形となったが、それはあくまで形の約束ごとのうえであるように見える。

また、秀忠は相手の胸元に剣先を付け残心をとったが、これもまた間の詰め方が十分とはいえず、実践ならば一瞬にして撥ね退けられてしまいそうなものだった。忠利には将軍の稽古は約束ごとの型通りのもののように映った。

(これが天下の兵法家といわれる柳生の剣か……これではまるで権門への追従ではないか)

忠利は嘆息混じりにこう思った。


「上様はこの頃、頓《とみ》に上達なさいました」

「それも柳生の指導の賜物じゃ」

「いえ、上様のご精進あればこそと存じます」

端から聞いていると忠利にとって首をかしげたくなるようなやり取りに聞こえる。

(上様は本当に上達なさっていると思われているのだろうか、柳生が手加減していることをご存知ではないのだろうか……それとも柳生の剣そのものが舞や狂言のように実践に重きを置かぬ兵法なのか……)

その日の将軍の稽古は十太刀《じゅうたち》、和卜《かぼく》、捷径《しょうけい》、小詰《こづめ》、大詰《おおづめ》、八重垣、村雲と進んだ。いわゆる新陰流九箇《くか》の太刀だ。いずれの形も秀忠の撓撚きは速く振り下ろそうとか相手に付け入ろうとかする気概に乏しく、形をそのままをなぞるようなもので多少剣に心得のある者と対峙したら勝ちをとるどころか、たちまちのうちにすえもの斬りにされそうに映った。

ひと汗かいた秀忠は手桶の水で足を濯いだ後、上気した顔で階段を上り奥の間に向かった。

木刀を小姓に手渡した宗矩が二間ほど後ろからそれに続く。その姿はまるで影のように静かだ。

(柳生は思っていたほどの者ではないかもしれぬ。小野派一刀流が実力においては上と言われているが、まんざら噂だけではないようだ。これなら不意を突けば一刀浴びせることができるかもしれない)

忠利はそう思いながら低頭していた頭を上げた。そのとき御縁の上の宗矩と一瞬目が合った。宗矩が忠利の視線を感じたのかそれとも偶然だったのかそのとき突然、忠利は金縛りにあったように躰が硬直した。全身から冷や汗が一気に吹き出た。得体の知れぬ『気』を感じたのだ。忠利はなにがなにやら分からぬまま通り過ぎる宗矩の後ろ姿を茫然と見送っていた。

秀忠の後に続くため小姓が一斉に立ち上がった。しかし忠利独り立ち上がることができなかった。

「細川殿、いかがなされた。ご気分でも悪いのですか」

横の一人が気遣って声を掛けた。

「いや、何でもありませぬ」

「顔色がすぐれぬようですが」

忠利はその言葉を打ち消すようにやっとのことで立ち上がり、平静を装って彼らの後に続いた。

しかし忠利の四肢は強ばったままで、身の竦むような思いは消えない。

（あれは一体何だったのか。殺気とも違う。もしも殺気であれば回りの衆も感じ取っていたに違いない。誰一人として殺気を感じ取った様子はなかった。それでは一体……）

忠利にその理由が分かるはずもなかったが、そのとき以来忠利の胸に宗矩が深く刻み込まれた。

細川屋敷は江戸城の南方、堀を挟んで前田屋敷の隣にある。山水を施した庭園があり晴れた日には富士が望める。忠利は障子を開け放った居間にいた。南に面した庭には赤と白のつつじの花が一面に広がっている。忠利は居間から庭を見るとはなしに柳生宗矩のことを考えていた。屋敷に戻ってからも何故か宗矩のことが頭から離れない。小笠原長成《ながしげ》が部屋に入ってきたがそれには目をくれなかった。長成も声を掛けることなく無言のまま座っている。小笠原長成は小笠原少斎の一族だ。少斎は関ヶ原の戦い前夜、玉造の細川邸を守り母玉に殉じた。長成は忠利が江戸に人質として送られたとき中嶋左近、福地与兵衛、松田景順らと供していた。

忠興は玉の死を悼む一方、少斎によって細川家の面目が保たれたとして小笠原家に対し厚い恩賞で報いた。その一族の長成は二十八歳と忠利より一回り年長となる。常に冷静でものに動じないところは少斎を思わせる。中条流の腕は家中でも指折りで忠利は幼い頃から長成を相手に兵法の稽古をしてきた。

忠利が溜息を吐いた頃合いを見計らうように長成が声を掛けた。

「若様、本日のお勤めは如何でございました」

「うむ、秀忠様の弓矢と剣術の稽古にお供した」

「剣術の指南役はどなたで」

「柳生宗矩殿がお手直し役であった」

「ほう、柳生殿でしたか」

「のう長成、柳生の剣とは世間の言うように真に日の本一なのであろうか」

「そのような評判ですが……加賀には富田《とだ》流があり、鹿島には神道流、そしてこの江戸には一刀流もございます」

「その一刀流の小野次郎右衛門忠明は柳生に勝る遣手とも聞くが」

「それは何とも……されど小野殿の稽古は荒々しいことで知られております。柳生殿のように撓を用いず肉厚の木刀による稽古で、上様お相手でも手加減いたさないとか」

「ということは、柳生は上様のお相手するときは手加減しているということか」

「いえ、決してそのようなことはないでしょうが、小野殿は実践に即した形で稽古を行い、柳生殿は形による理合いの稽古といえ、剣風が異なります」

忠利はいまひとつ納得がいかず庭先に目を移した。


「何かお気に掛かることでも」

思案顔の忠利に長成が尋ねた。

「うむ、秀忠様の稽古が終わり、柳生殿がわしの前を通り過ぎていくとき、一瞬目が合いえもいわれぬ『気』のようなものを感じたのだ。不思議なことに回りにいた小姓衆は気付かなかったようだが、確かにわしには感じられた。それが一体何であったのか未だ気に掛かる」

「『気』のようなものを感じられたと申しますと」

「うむ、そのとき金縛りにあったように四肢が強張ったのだ」

「回りの方々にはそのようなことはなかったのですか」

「どうやらわしだけのようだった」

「他の方々が何ともなく、若様だけがそのような『気』を感じたとは不可思議な、したが勘の良い武人は時にして常人には気付かぬことも感じ取ることがあると申します。若様はそのような素質を備えられているのかもしれませぬ」

「追従を申すでない」

「決して追従ではございません。してそのとき若様はどのようになさいました」

　長成はいたって真面目な顔つきで問うた。

「どのようにするにも、隣の者に声を掛けられようやく我に返ったのじゃ」

「ふーむ、柳生の兵法には忍びの者が用いる目くらましのような幻術もあると聞きますが、柳生殿がよもや御前の前でそのような術を使うとも思われませぬが」

「なに、柳生とはそのような術も使うのか」

「定かではありませんが、柳生家はかねてより伊賀者を裏で支配しているといわれております」

「すると、わしは目くらましにあったたかもしれぬのか」

「それは考えすぎかもしれませぬ、柳生殿は秀忠様兵法指南役になってからというもの、伊賀者との関わりを噂されるのをことさら嫌うようになったようです」

「ほう……」

　忠利はそう言ったまま考え込んだ。

## (4)

その後も忠利は秀忠が兵法稽古をする際のお付きを許されることが度々あった。いずれも指南が柳生宗矩のときで小野忠明との稽古に供することはなかった。それというのも忠明が『兵法稽古というものは見世物ではございませぬ』と言ってお付きの者を稽古場に入れなかったからだ。忠明が秀忠に仕えたのは宗矩より一年ほど早く、年も六歳上だが石高は四百石に止まっている。兵法指南役としての扶持は二百石が相場とされていることから、決して不足する禄高ではないものの三千石の宗矩と今や比ぶべくもない。

それは宗矩が関ヶ原の戦いに際して父石舟斎を通じて大和周辺の領主を東軍に引込む工作を行うなど、政治的手腕を発揮したことにもよる。一方の忠明は秀忠に従い真田昌幸、信繁（幸村）の籠る信州上田城攻めに従軍し上田の七本槍と称されたが、それはあくまで一武将としての働きにとどまる。とはいえ忠明は己の生きる道はあくまで剣一本と決めているようで、政治の世界に足を踏み入れることを潔しとしない風があった。

豊前中津にいる忠興は忠利に頻繁に手紙を送り、江戸での生活の細かいことにまでひとつひとつ指示してきた。忠利を手元に置くことができないことから手紙を通じて事細かに指導しようとする親心の現れともいえる。特に家康の跡継ぎと目される秀忠には何を置いても忠誠を尽くし、側を離れないようにすること、そして忠利と同世代の側近と親しく交わっておくことなど、くどいほど言ってよこした。その手紙も『披露状』の形をとり宛先を江戸留守居役の小笠原長成とし、長成から忠利に内容を披露するという念の入れ様だった。当然、忠利から忠興に返書するときも忠興の側近宛ということになる。これは忠興と忠利の間で手紙のやり取りをすることであらぬ疑いをかけられないための用心だ。徳川家重臣の間には秀吉恩顧の大名が秀頼中心の世を築こうとする思いが未だに強く残っているとして、監視の目を怠らない。忠利は父忠興の指示に従い、徳川譜代の子弟との交友を着実に広げていった。酒井与三郎（忠勝）、永井尚政、板倉重昌らの他にも土居利勝からも目をかけてもらえるようになった。こうして忠利は近い将来徳川家を支えていくであろう人々との人脈を築いていったのだ。

忠利が江戸の生活を送っている間、国元の豊前では深刻な騒動が起きていた。忠興の次弟興元が妻を伴い突然出奔したのだ。しかとした理由は伝わってはこないが小倉城代を務めていた実弟の離反により父忠興の統治能力が問われることにもなりかねない。忠興は直ちに小倉城改めに飯河豊前と村上八郎左衛門を遣わした。さらに興元の養子となっていた興秋を小倉から中津城へ移し養子縁組を解消し松井康之を後見としてつけた。それは興秋の補佐をさせるためではあるが監視する意味も含まれていた。その後、小倉には忠興が入るという慌ただしさだった。

慶長六年十一月、家康が大坂から江戸城に戻ってきた。関ヶ原の戦いで大勝した家康の凱旋とあって江戸の町は一気に活気づいた。年も押し迫った師走、秀忠近習の間で囁かれている話が忠利の耳に入ってきた。栖雲斎《せいうんさい》という兵法家が江戸の町にやって来るというのだ。またの名を疋田文五郎《ひきたぶんごろう》といい剣聖と謳われる上泉伊勢守門下にあり兵法指南役柳生宗矩の父石舟斎にかつて新陰流を手ほどきしたといわれるほどの遣い手として知られる。石舟斎は文五郎と最初に手合わせしたときは手も足も出なかったという話も伝わる。

今では剣聖と称されている石舟斎の師ともいえる文五郎がやって来るというので少なからず衆目を集めることとなった。最近、宗矩から剣の手ほどきを受けるようになった忠利も無関心ではいられなかった。宗矩は父石舟斎には遠く及ばないと日頃から言っている。それが謙遜なのか、それとも柳生新陰流の奥深さを暗に示すためなのか定かではない。その宗矩が今では伝説ともなっている兵法者に対してどのように応じるのか、いやでも関心は高まっていった。

これまでの家康は馬術、砲術、弓矢の術、刀槍の術とあらゆる武術を学び、ことごとく会得してきた。それだけに兵法指南役を選ぶにも厳しく見究めた。伊藤一刀斎然り、柳生石舟斎然りだ。そして今度は年は石舟斎より十歳ほど若いとはいえ兄弟子にあたる疋田文五郎の兵法を直接目にすることになった。文五郎が家康の目に留まればあるいは柳生家を脅かす存在になっていくかもしれない。同じ新陰流ならばどちらかが淘汰されていくのは必然の流れといえるからだ。忠利は宗矩はさぞかし心安らかではないだろうと思っていたが、意外にも文五郎を私邸に招き丁重にもてなしているという。宗矩にとって文五郎は父石舟斎の恩人であることから、国元に居る父に代わって礼を尽くしているともいえる。

忠利は長成を居間に呼び寄せた。師走とはいえこの日は穏やかに晴れ渡っている。開け放たれた障子の合間からは庭の山水が望める。

「大御所様は疋田文五郎とやらを招き兵法をご覧になるといわれている。疋田とはどのような者なのであろう。若い頃の石舟斎殿に剣を教授したほどの者といわれているがそれはまことのことか」

「まことのようです。上泉伊勢守殿には上州より二人の高弟が供してきたそうですが、そのうち一人は鈴木意伯《いはく》といい兵法天覧の際、伊勢守の打太刀をつとめたほどの遣手で今は出羽秋田の佐竹家に仕えているとのことです。

一方の疋田文五郎殿は虎伯《こはく》と称し、関白（豊臣秀次）に招かれ兵法指南を勤めていましたが関白が腹を召されたことから栖雲斎と号し廻国遍歴の旅に出ていたとのことです」

「関白の兵法指南役とあれば当時は天下一の兵法者と評価されたのであろう。世が世ならば諸国を旅するようなことはなかったであろう。その疋田が今、柳生殿の屋敷にいるのか」

「一両日中には大御所様に技を披露なさるとのことです」

「しかし徳川家にはすでに柳生、小野という天下の兵法家が揃っている。この上指南役が必要なのであろうか」

「指南役を必要となさるかは別として、大御所様はかねてより疋田殿の技を是非とも一目ご覧になりたいとおっしゃっておられたようです。それというのも大御所様は上泉伊勢守門下の奥山休賀斎公重《おくやまきゅうがさいきみしげ》殿に師事されること七年、奥山神影流を学ばれ奥義に達せられましたが、その休賀斎殿が事あるごとに伊勢守の話をしていたといいます。大御所様はそれ以来、伊勢守に強く心を惹かれていたようですが、遂に対面は叶わなかったのです。

思いが叶わないと人間とは妙なもので伊勢守の新陰流をもっと知りたいと欲するようです。石舟斎殿を招き演武をご覧になったのもそうした思いからだったのでしょう。今回のことも疋田殿を通して伊勢守の姿を求めているのかもしれません。

兵法家ばかりではありません。大御所様はこのところしきりに人材を求めておられます。学者、医者、僧侶など様々ですが兵法指南役がもう一人いても多すぎるということはないとお考えなのではないでしょうか」

「大御所様は人材を集め徳川中心の世を築いていこうとされている。そうした中で兵法を今までのように戦の具として見ておられないことだけははっきりしている。果たしてどのように用いようとなされているのか」

関ヶ原の役以降、家康が新しい国づくりをしていくにあたって武によって治める覇道ではなく王道によってそれを成そうとしていることは感じ取れる。しかしそれを何によって成そうとしているのか忠利は未だはっきりとは理解できずにいた。

# 二　兵法演武

## （1）

疋田文五郎の新陰流演武は十二月三日江戸城二の丸中曲輪で行われることとなった。家康の横には秀忠と本多正信が控えている。忠利は小姓と共に縁先の端に侍った。またとない機会の巡り合わせに一瞬たりとも文五郎の動きを見逃すまいと神経を集中させた。

白の小袖に茶袴といういでたちの文五郎は当年六十五歳で白髪交じりの髷と長い眉、五寸六分ほどの上背とどこにでもいるような老人に見える。その所作は軽妙でしかも鋼のような弾力のある強さが感じられる。打太刀は弟子の甘利幹道が務めた。

文五郎は三学園之太刀《さんがくえんのたち》、九箇之太刀《くがのたち》、燕飛之太刀《えんぴのたち》を流れるように演じていく。余りに流麗に演じていくので舞いを見ているかのようだ。いとも簡単な所作に見えるのは動きに全く無駄がないからだ。見る者によってはこれが果たして実践に役立つのかと映るかもしれない。家康はこれらの形を見終わると満足そうにうなずいた。そして曲輪の片隅に控えさせていた武士に声を掛けた。

「与四郎、栖雲斎に一太刀打ち込んでみよ」

七年前には自ら木刀を手にして石舟斎に打ち掛かった家康だったが、六十歳となった今、さすがに以前のような真似はできない。これは年齢からくるものというより、秀吉に代わり天下を治めていく立場に立った者としての自重ともいえる。

与四郎は姓を氏井といい、二十三歳ながら石舟斎から新陰流目録を与えられた俊英だ。上背は文五郎より僅かに高く五尺七寸、端正な顔つきながら目力が強く、物静かな振る舞いの中に無駄な動きがない。青い小袖に白の襷を掛け若草色の袴といういで立ちだ。この場に宗矩は同席していなかった。父石舟斎の師ともいえる文五郎の演武を上座で見ることを遠慮したのだろう。文五郎は一礼して撓《しない》を構えた与四郎を微笑ましそうに見て、「うむ、うむ」と二度ほど微かに頷いた。


与四郎は正眼から左足を前に出しながら右手を肩口まで引き上げ八相に構えた。文五郎は無構えに近い下段の構えをとった。与四郎は何ものをも恐れぬ表情で構えている。そこには揺るがぬ自信が漲っている。文五郎は与四郎が構えるや下段のまま歩み足で前に出た。二人の間合いは見る間に縮まり一足一刀の間に入った。

そのとき鋭い気合とともに与四郎の撓が弧を描いた。与四郎の撓は文五郎の胸元をかすめ膝元まで一気に振り下ろされた。文五郎が右に半歩踏み込んだことで撓が空を切ったのだ。与四郎は一刀目を外されたとみるやすかさず文五郎の左ひざめがけ切り上げた。しかしそれも文五郎が更に右に体を移し難なく躱《かわ》した。与四郎は空を切った剣先を反転して、躰ごとぶつかるようにしながらそのまま左袈裟に一気に振り下ろした。一連の動きは息もつかせぬものだった。文五郎が少しでも体勢を崩せば三刀目の袈裟切りを躱すことはできなかっただろう。しかし彼はその打ち込みを躱すことすらせずに右斜め前に出ながら撓で与四郎の左首筋をポンと軽く叩いた。

袈裟懸けに切り落とした与四郎は、あたかも文五郎の前に首を差し出すかのように前のめりになっていた。

「ムムッ……」

与四郎の口から呻き声が洩れた。首筋に剣先を当てられ身動きできないのだ。文五郎が剣先に僅かに力を込めると与四郎の状態がぐらりと傾いた。次の瞬間、文五郎は剣先を離し間合いを切って元の位置に戻った。

与四郎は構え直すことも忘れたかのように蒼白となり視線を下に落としていた。何が起きたか飲み込めない表情だ。与四郎にとって文五郎の剣は同じ新陰流であることから太刀筋の見当は付くつもりでいたはずだ。なによりも与四郎には柳生の里で修業を積み石舟斎から印可を受けたという自負がある。柳生一門においても彼の右に出る者はそう多くはない。

他流派の遣手が新陰流を見てその技の多様さに驚くなら分かるが、同じ新陰流の遣手たる与四郎が文五郎の技に面食らったのだ。与四郎は印可を受けた後も、それに甘んじることなく精進を重ね自分なりの工夫も加えさらに技に磨きをかけてきたはずだった。しかし文五郎によって手も無くひねられてしまった。その衝撃の大きさは推し量るに余りあった。

「今一度」

家康が命じた。

与四郎は我に返って傾きかかった体勢を戻し中央に戻った。目の前にはどう見ても田舎から出てきた老人のようにしか見えない文五郎がふんわりと立っている。しかし今の与四郎にとってその姿はあたかも山のようにそびえ立つが如く見えているはずだ。与四郎は気力を振り絞って文五郎に対峙した。もしも与四郎が印可を受ける前の腕ならば、〝勝負はやってみなければ分からない〟とばかりに一か八かの掛けにも出ただろう。しかし与四郎はそれほど未熟ではなかった。それ故、一本目の立ち合いで格の違いを知ってしまった。

与四郎は気を奮い立たせるようにして一声気合を発し正眼に構えた。しかしその気合も文五郎を前にすると果てしない空間に吸い込まれてしまうかのようだ。文五郎は先程とおなじように下段に構えているが、それは構えともいえぬ構えにも見える。文五郎にとってこの立ち合いは家康の御前演武というよりも、同じ新陰流の遣手に対する手ほどきほどの意味合いなのかもしれない。

二人の立ち合いを忠利は息を飲んで見詰めていた。与四郎は意気込んで攻め入ることはしなかった。じっと文五郎の隙を窺っている。戸板の隙間から光が差し込むように相手の隙に間髪を入れず無心となって打ち込むのが新陰流の教えだ。しかし無心になったからといって腕の差が詰められるわけではない。

下段に構えた文五郎は全身隙だらけのように見えて与四郎にはどうしても打ち込むことができない。文五郎の下段はどのようにも変化することを与四郎は見抜いているようだ。そんなとき文五郎の剣先が僅かに右に開いた。その機を見逃さず与四郎は文五郎の胸元めがけて鋭く突きを入れた。それに対して文五郎は打ち落とすでもなく払うでもなく、与四郎の撓に自分の撓を寄せるように前に出しながら軌道を僅かに外した。手元を抑えられた与四郎の剣先は大きく外れ前のめりになった。すかさず体勢を整えようと与四郎は撓を手元に戻そうとした。すると文五郎は撓を与四郎の撓にピタリとつけたまま躰を寄せ難なく打ち間に入ってしまった。与四郎は打ち込まれこそしなかったが完全に死に体となった。とはいえそのまま打たれるのを待つような与四郎ではない。己の撓を大きく右に払い文五郎の撓の縁を切ろうとした。しかしそれでも文五郎の撓は与四郎の撓に張り付いたように離れない。己の撓を右に払ったことによって剣先は中心線から外れ与四郎は隙だらけとなった。

そのまま文五郎の撓と縁を切ろうと与四郎は撓を引きながら後ずさりする。しかし後ろに下がれば更に体勢は崩れる。文五郎は与四郎の撓を制したまま歩み足で前に出て見る間に中曲輪の土塀まで追い込んでいった。

「それまでじゃ」

立ち合いは家康の声が掛かり終了した。

与四郎は顔色なく面目を失い、うなだれたままだった。

「栖雲斎、見事であった。氏井もようやった、新年の演武で柳生と新陰流の形を演じよ」

そう言って与四郎を下がらせ自らも奥に入っていった。与四郎は俯いたまま曲輪から姿を消したが、家康が与四郎に新年の演武を行うよう命じたのは面目を失った与四郎が早まったことをしないようにとの気遣いでもあったのだろう。

秀忠の供をして奥の間に向かう忠利は文五郎の動きが目に焼き付いて離れなかった。その撓捌きは軽妙にして鋼のように力強く今まで見たことの無いもので柳生新陰流の俊英氏井弥四郎をまるで子供扱いにした。もしも演武の席に宗矩がいたら家康は宗矩に立ち合わせていたかもしれない。それを避けるため宗矩は陪席しなかったのではと思わせるほど文五郎の技は見事なものだった。

演武の後、改めて居間に通された文五郎は家康から重光の脇差を賜った。家康の御前で宗矩の高弟を手玉にとったという噂はあっという間に城中に広まった。日を置かずして文五郎に兵法指南の声が掛かるものと誰もが思い込んだ。文五郎はそのまま柳生屋敷に身を寄せていた。

## (2)

傾きかけた冬の陽が揺れる南天の葉陰を障子に映し出す。外は師走の風に枯れ葉が舞っている。居間には忠利に対面して小笠原長成と石寺頼之がいた。頼之は幽斎・忠興二代に仕える甚助の息子で忠興の使いにより豊前より一昨日江戸に着いたところだ。三人の話題は西国の動静から家康に御前演武を行った栖雲斎に移っていた。このところ栖雲斎の話題で持ちきりだったのだ。

「栖雲斎の立ち姿といい、その軽妙な足捌きや打ち間の取り方は目をみはるばかりだった。変幻自在の中にも鋼のような強さを秘める栖雲斎の剣捌きには内府もことのほか満足されたようだ」

興奮気味に話す忠利に対して、長成は慎重に言葉を選んだ。

「柳生殿も父石舟斎殿に新陰流を教授した栖雲斎に一目置き、丁重にもてなしているご様子。小野忠明殿もまた〝実力の小野〟とは言っておれなくなりましょう。内府はかねてより上泉伊勢守の兵法を一度は目にしたかったと仰せになっていたそうです。伊勢守亡き後、その体をもっともよく現す者として意伯（鈴木宗治）と虎伯（疋田文五郎）ありと言われていましたが、その虎伯をお呼びになり技を披露させたのです。かといって指南役とするには七十に近い年齢からみても考えにくい。石舟斎殿も高齢を理由に今の柳生殿（宗矩）に手直し役を託したのですから」

兵法家を呼んで技を披露させ、その内容が満足いくものであったなら仕官という話が出るのは自然の流れだ。これから日本の国を治めていこうとする家康にとって人材は今後ますます必要となる。とはいえ同じ流派の兵法家を呼べば、いずれどちらが正統かというかという争いの元にもなりかねない。人一倍思慮深い家康のことだ、そのことを考えていないはずもないだろうが、忠利にとって気になるところだった。

外では障子に映る葉影が一層強く揺れていた。


翌日、忠利が書きものをしていると長成が一通の書状を手にして部屋に入ってきた。書状は父忠興からのものだった。いつものように小笠原長成宛だった。

「殿からの書状をお持ちいたしました。至急ご覧に入れよとのことです」

「父上からはつい先日連絡があり、返事を出したばかりだが、何か火急のことでも生じたのであろうか」

忠利は不審に思いながら書状を受け取った。

手紙の内容は豊前の様子が少し書かれている他、いつものように秀忠への奉公をくれぐれも怠らないようにとの注意書きがされていた。その中にこういう一節があった。

『栖雲斎なる者が江戸に出向き内府に新陰流の技を披露する由、栖雲斎は新陰流始祖上泉伊勢守の高弟でその技、石舟斎に勝るとも劣らぬ者也。内府は栖雲斎の技をご覧になるも召し抱えることがなければ直ちに万難を排し当家に参るよう申すべし。万が一にも他家に先んぜられぬよう、石寺頼之に命じ万般怠りなく手配いたすよう』

忠利は父の手紙を読んで心に掛かるものがあった。それは家康が西国から呼び寄せておきながらあたかも栖雲斎を召し抱えないこともありうるというような内容のものだったからだ。とはいえ父忠興の命となればまずは果たさなければならない。忠利は頼之に栖雲斎の身辺から目を離さぬよう言いつけた。

いよいよ年も押し詰まった二十二日、栖雲斎は江戸を離れるという話が舞い込んできた。家康は兵法演武を披露したことへの褒賞として太刀一振りと黄金を与えたのみで召し抱えることはなかったのだ。忠利は栖雲斎が江戸を出ると聞きすぐさま頼之に後を追わせた。徳川家お抱えとならないときは直ちに当家に招くようにと言ってきた父忠興の言葉は、まるでこの日の来ることを予測していたかのようにもみえる。

その日の夕刻、忠利が城から屋敷に帰ってくると頼之から連絡が入っていた。頼之は品川口で栖雲斎に追いつき、言葉を尽くして説得し、何とか豊前に同行する承諾を得たという。これで父忠興への務めは果たしたことになる。栖雲斎が細川家の招きに応じたとなれば、いずれ剣の手ほどきを受ける日が来るかもしれない。そう思うと忠利は期待に胸が膨らんだ。

それから数日後、家康は側近が相伴する夜食の席でこんなことを言っていたということが漏れ聞こえてきた。

「栖雲斎はなるほど兵法の名人に違いはないが『将の兵法と徒士の兵法』の区別がつかぬよう

だ。曲芸のような技を見て見事なものだと思いはするが、真似しようとは思わぬものだ」

こう評したと言う。さらに、

「戦場において将に求められるのは徒歩働きではなく軍勢を如何に動かすかという采配にある。ましてや大将たるもの戦場においてむやみに太刀を振るうべきではない。万が一のときでも敵の初太刀を躱せばよい、あとは側衆が身を守るものだ、そこのところを栖雲斎はわきまえていないようだ」

とも言ったという。確かに家康の言うことにも一理あるが柳生一門の俊英氏井与四郎を全く寄せ付けないほどの技の冴えを見せた栖雲斎を否定するかのようなことをあからさまに口にすることに忠利はその真意をくみ取りかねた。

## (3)

年が改まり細川忠興と幽斎がそろって年賀の挨拶に家康の元に伺候した。幽斎は越前の地に替えて山城・丹波に三千石を賜わっている。挨拶をすませた二人は忠利の待つ屋敷へと戻った。親子が顔を合わすのは久しぶりのことだった。忠利がまだ光千代と名乗っていた慶長四年(一五九九)十一月人質として江戸に入って後、関ヶ原の戦いがあり、母玉が亡くなり、長兄忠隆は廃嫡された。細川家は一日として安穏な日はなかった。しかしこれまでに時代の波に呑み込まれることなく何とか切り抜けてきたのは幽斎・忠興親子の時代を観る確かな目があったからといえる。幽斎は髪がかなり薄くなったとはいえ、肌の色艶はよく悠揚迫らぬ物腰は信長、秀吉の時代を生き抜いてきた六十九年の重みが滲み出ている。

奥の間の上座に忠興と幽斎が並び、下座に忠利が位置し、小笠原長成は入口に控えた。枯れ葉が舞う音がときおり聞こえてくる。濡れ縁に面した障子は閉められ、床の間には竹筒に紅い実を付けた南天の枝が一本生けられている。忠利は父忠興に何故か今までにない近寄り難さを感じていた。それは兄たちにことさら厳しく当たってきた父に対してはばかる気持ちが多少なりとも生じていたともいえる。また、忠興も忠利に接する態度が以前とは明らかに違った。

一方、幽斎は以前会ったときより一段と柔和な顔になり、忠興の言うことを黙って聞いて口を挟むこともほとんどない。鶯色の小袖に白で紋を染め抜いた鮮やかな紫の羽織を身に着け、超然としたたたずまいをしている。その存在感は以前にも増して大きなものとなり、さすがの忠興も幽斎には気を使っている様子だった。

忠興は脇息に軽く肘をのせたまま忠利に尋ねた。

「どうじゃ、江戸の暮らしには慣れたか」

「はい、譜代の方々とは親しくしていただいております。中でも酒井与三郎殿、永井尚政殿、板倉重昌殿とは特に。その他にも井上正成殿、土居利勝殿とも懇意にさせていただいております」

「うむ、いずれも徳川家を支えていかれる方々じゃ、懇ろなお付き合いに心掛けよ。ただし、心を許して軽率なる言動とならぬようくれぐれも気を付けるのじゃぞ」

「はい」

忠利は何故か秀忠を前にするよりも緊張している自分を感じていた。

「ところで秀忠様の日頃のご鍛錬は如何じゃ」

「はい、ご多忙ながら弓馬の道は怠らず、柳生殿と小野殿より連日兵法を学んでおられます。柳生殿との稽古の折には御供させていただくようにもなりました」

「ほう、そうか、柳生殿といえば内府からも厚い信頼を得ているようじゃの」

「兵法指南役というお役目もありますが、近頃では秀忠様側近の方々からもお声がよく掛かっているようです」

「うむ、大坂では内府の側衆として仕えていたというからの。ただの兵法遣いではなさそうだ」

こう言ってから忠興は思い出したように付け加えた。

「そうそう、栖雲斎のことでは手間を掛けさせたの。頼之が同行して何とか豊前に連れ帰ったようじゃ。国元に帰ったら早々に会うこととといたそう」

「父上とは入れ違いとなったようですがこれで私も安堵いたしました」

「忠利殿が栖雲斎を細川家に引き留めたのはお手柄であった」

幽斎は満足げに言った。

「父上は何故内府が栖雲斎を召し抱えることは無いと予見なされたのでしょうか」

「そのことか」

忠興はこう言ってからおもむろに話し始めた。

「栖雲斎はかつて石舟斎殿に新陰流の手ほどきをしたほどの剣の達人、柳生宗矩殿が徳川家兵法指南役とはいえ、心技の習熟には栖雲斎とまだまだ開きがあるのは否めぬ。したが関ヶ原の役以降、内府は徳川家が用いる兵法は敵を倒すためのものではなく、争いの矛を収めるためのものでなければならぬと仰るようになられたようじゃ。そう考えるようになられたのは柳生新陰流を用いる石舟斎に出会ってからのことであろう。そして新陰流の教えを徳川家だけではなくあまねく武士たちに知らしめようとなされている」

忠興に続いて幽斎が昔のことを思い起こすような表情になって口を開いた。

「石舟斎はかつて京の紫竹村《しちく》で内府に兵法を披露するときに『一世一代の狂言を演じてみせるとしよう』と言って柳生の里から出てきて無刀取りを披露したという。栖雲斎もまた一世一代の狂言として『匹夫の剣』を演じにやって来たのかもしれぬ。少なくとも仕官を求めて江戸に来たわけではあるまい。栖雲斎ほどの者が無刀取りを演じようとすれば、石舟斎に劣らぬ技を披露できたはず」

幽斎の言葉に忠興が頷いた。

「栖雲斎が疋田文五郎と名乗っていた頃、丹後宮津の当家で兵法指南をしていたこともあったが、その後全国を周遊し、秀次様からお声が掛かりお手直し役となった。秀次様は疋田の刀法に大層感心なされ太閤の御前で新陰流を披露しようとされたが、いたく叱責されたことがあった。太閤はたかが一対一の刀法に感心するような者は、天下を治めることなどできぬとお叱りになったのじゃ。そのときの太閤は圧倒的武力を有し、諸大名の領地はすべて自分のものに等しいという考えに立っておられた。太閤が用いた戦法は位攻めで、いわゆる兵の数で相手の戦意を失わせるものじゃ。それ故、刀法は一人、二人を相手にするものとして見向きもなさらなかったのじゃ。

右府様（織田信長）もまた同様だった。かつて石舟斎が宗厳と名乗っていた頃、松永久秀の計らいで対面が叶ったときも、右府様は宗厳が畿内きっての刀法の名人であることには全く興味を示すことなく、大和の一角を守備する一豪族としか見なかった。

信長公、豊太閤の頃は武力によって天下を平定しなければならぬ時代であった。しかしながら内府は天下を平定し再び戦乱の世に戻さぬことを求めておられる。そのために学問と並んで兵法を国を治めていくためのものとして用い、武士の心の礎にしようとなされている。それを柳生の剣によって示そうとなされているのじゃ」

こう言って忠興は忠利に目を向けた。果たして理解しているかを確かめるかのような目付きだ。

「そのために栖雲斎に一役買ってもらったということですか」

「そうじゃ、それは他の者では務まらぬ。栖雲斎だからこそできることじゃ。石舟斎に剣を教えたほどの者であろうと内府の求める剣の使い手ではないということを明らかにすることで、これからの兵法はどうあるべきかを示されたのであろう」

「それを承知で栖雲斎はやって来たと……」

忠利はこう呟いた。

「そうじゃ、それでこそ上泉伊勢守の教えを受け継いだ者といえよう。栖雲斎は無刀取りを演じぬことで新陰流の将来を柳生に託したのじゃ。栖雲斎の振るった剣もまた兵法の神髄に叶った剣といえよう」

それは忠利が今まで思ってもみないことだった。

「内府は心の中で栖雲斎に手を合わせているやもしれぬぞ」

幽斎は遠くの山の峰を見るような目をして言った。

（心の中で手を合わす……）

忠利は幽斎の言葉を心の内で呟いた。

（なるほど、内府はこれからは如何にして世を治めるかをお考えになっているということか。そのため広く人材を求めていると聞く。したがそれは同時に人の捨て方も巧みということなのかもしれぬ）

忠利は父忠興と祖父幽斎の言葉を一つ一つ噛みしめながらこう思った。


離れの間に戻った忠利はすぐさま小笠原長成を呼んだ。彼には一つ明らかにしておかなければならないことがあった。

「長成に尋ねたいことがある」

「何でしょう」

「栖雲斎が当家に仕えていたことがあったということはまことか、お主、そのようなことは一言も言っていなかったではないか」

それは父忠興から先ほど聞いたことだった。そのときは話の流れを遮らないために問うことを控えたが、栖雲斎ほどの逸材を何故手放したのか腑に落ちなかったのだ。

「申し訳ありません、隠していたわけではありませんが……」

「何か言いにくい訳でもあるのか」

「いいえ、決してそうではありません。私も父から聞いたというほどの古い話で若様もお生まれになっていなかったときのことでございますので」

「よいから話してみよ」

急き立てられた長成は頷くとおもむろに話しはじめた。


「それは天正九年のことですからお父上が十八歳と今の若様の年回りの頃のことです。幽斎様が信長公の命で長岡の勝龍寺城から丹後十二万石へ国替えをしたときのことです。そのとき栖雲斎は疋田文五郎と名乗っておりましたが幽斎様に招かれ兵法指南役として細川家に滞在していました。丹後の地は守護職一色氏の支配下にあったところ。国衆、土豪、地下《じげ》は皆、一色家を慕う土地柄。信長公に屈したとはいえ一色義定殿は残党を集め弓木城に籠り容易には降ろうとはいたしませんでした。そこで幽斎様は一色家と和睦するため忠興様の妹君伊也姫を義定殿のところへ嫁がせたのです。

ところが信長公が光秀の謀叛により倒れると、それに乗じ義定殿に忠興様の守る宮津の城に攻め入るかのような動きがありました。そこで忠興様は機先を制し、『こういうときこそ義理の兄弟同士力を合わすべき』と使者を送り、義定殿を宮津城に招いたうえで一族をことごとく討ち取ってしまわれたのです。

一色家といえば栖雲斎の師上泉伊勢守の本家筋にあたり、伊勢守も一色家の法要は毎年欠かさなかったことから、弟子の栖雲斎の気持ちは如何ばかりであったか」

長成の話を聞き、忠利は大きく深い溜息をついた。一色家が細川家によって滅んだことは知っていたが、そこに栖雲斎が関わっていたことを初めて知った。

「父上が恩師の本家を滅ぼしたとあっては、栖雲斎は当然のことながら憤慨したであろうな」

「いえ、そのような様子は一度も示されなかったそうです。栖雲斎が義定殿の元に兵法指南に行っていたことから家中の者達もその後の動向を気に掛けていたそうですが、普段と変わることは少しもなかったといいます。ところがある日突然姿暇乞いを出すとその日のうちに姿を消し、以降、丹後に戻ることはなかったそうです」

「師の本家筋一色家の滅亡を目の当たりにした栖雲斎としては無念やる方なかったであろう」

「朝《あした》に一国興り、夕《ゆうべ》に一国露と消ゆる時代の波は誰もが避けられぬこと。栖雲斎も師の伊勢守とともに仕えていた主家長野家が滅ぶのを目の当たりにしてきただけに苦情の一言もなかったようです」

「そのような素振りを一切見せなかったということは、人知れず心の底で思い詰めることがあったのであろう。それであれば例え栖雲斎が豊前に向かったとしても、長く留まることはないかもしれぬな」

忠利はそう呟いた。忠利の瞼に何故か荒野を独り行く栖雲斎の後ろ姿が浮かんだ。

## 三　家督相続

### (1)

慶長八年（一六〇三）二月十二日家康は征夷大将軍となり江戸幕府を開いた。同年七月二十八日豊臣秀頼と秀忠の娘千姫の婚儀が整い、表向き豊家と徳川家の結びつきは一層固いものとなった。それは秀吉と家康との間で交した『秀頼が成人するまで家康が政権を預かり、成人したあかつきには秀頼に政権を返上する』という約束履行のための第一歩であるかに見えた。

豊臣恩顧の大名である福島正則、加藤清正、浅野幸長らが関ヶ原の戦いにおいて東軍についたのは石田治部少輔三成が豊臣政権を牛耳るのを嫌ったためで、決して徳川家に政権を永代預けようと思っていたわけではない。そのときはまだ家康はあくまで豊臣家の家老という思いが強かった。

とはいえ豊臣政権の中核をなしていた五大老の一人前田利家は今は亡く、家康暗殺計画を企てた疑いを掛けられた息子利長は家康に対して異心のないことを示すため母芳春院を人質として江戸に差し出している。また関ヶ原の役で西軍に加担した上杉景勝は会津百二十万石から四分の一の所領出羽米沢三十万石に移封され、毛利輝元は領国七州を削られ長門・周防二国のみとなり、宇喜多秀家は死罪を免れたものの、駿河の久能に幽閉され、今は処分を待つ身だ。

家康は孫娘の千姫を秀頼に嫁がせ秀吉への義理を果したとはいえ、政権を返上する気はさらさらない。秀頼に政権を返上するようなことになれば天下が再び乱れるのは必須と考えているのだ。秀吉の意識がはっきりしていた頃に言ったとされる『秀頼が天下を治めるに足る器であれば』ということは、もしも秀頼が天下を治め得る人物でなければいかに可愛い息子といえども天下を委ねるわけにはいかないという意味にもとれるが、絶大な権力を一手に掌握していた秀吉は、全国に配置した豊臣恩顧の大名によって我が子が守られている限り豊臣の世は揺ぎないと考えていたともいえる。

翌慶長九年七月、忠利の元に豊前から火急の書状が届いた。それには病に倒れていた父忠興がいよいよ危ないとの知らせだった。五月上旬病に倒れた後、一時回復に向かったものの再び思わしくない状態となっていると聞いていたが体調が急変したというのだ。頑強な父が明日をもしれぬ状態に陥るとは忠利は思ってもみないことだった。とはいえ卒中や衝心《しょうしん》（脚気による心機能の不全）なのではという不安が胸の内をよぎる。忠利はすぐさま幕府に帰国願いを出した。幕府の重臣たちも忠興の病については知っており直ちに家康に伺いが立てられ帰国が許された。細川家が豊前に移封されてから忠利にとって初の入国となる。この年は猛暑が続き干ばつに見舞われた。小倉城に向かう沿道には立ち枯れた木々が目立ち、ヨモギなど食用となりそうな草は全く見かけられなかった。

城に着くと門前には家中の者を従え松井康之が出迎えに出ていた。汗を拭う間もなく城内に入りそのまま寝所に向かうと、忠興は居間に床を延べその上に坐っていた。部屋の中は風が通り外に比べればかなり涼しく感じる。脇には医師がついている。康之が京より招いた吉田盛芳院浄慶だ。忠興の肌は艶が失われ頬がこけかなりやつれて見える。

「父上、起きていてよろしいのですか」

忠利は挨拶もそこそこにこう尋ねた。

「うむ、今日は幾分気分が良い。そなたが帰ってくるというので寝所から出てみたのじゃ」

「父上が患ったと聞き秀忠様も大層ご心配くださり、一刻も早く国元に帰り見舞ってくるようお言葉を賜りました」

「それは有難いことじゃ。これというのもそなたが日頃から将軍家に忠勤を尽くしてきた賜物じゃ。秀忠様の信頼も厚いようじゃの」

忠興は三年前江戸に来たときとは別人のように穏やかな顔に見えた。これまでに忠利は忠興の言葉を忠実に守り秀忠への忠勤に励み、家臣団とも親交を深めてきた。また江戸の様子を事細かに忠興の元へ書き送り、その都度、助言を得てきた。

「わしの身にいつなにが起きるか分からぬということは、この度病を得て思い知った」

そう言う父の言葉を聞きながら忠利はこの場に兄の忠隆も興秋もいないことが気に掛かっていた。廃嫡された長兄忠隆は今では無休と号し幽斎の元に妻千世と四歳となる熊千代と共に身を寄せている。従って父の病のことは当然耳に入っているはずだ。重い病となれば見舞いを許されているかもしれないと思っていたのだが忠隆の姿はそこになかった。次兄興秋は養父興元が処遇に不満を持って出奔したことで実父忠興との関係にしこりを残していると聞くが、深刻な状態になっているとは知らされていないことからすでに見舞いに来ていたと考えられる。ところが忠興は二人の兄について触れる気配はなかった。

「お主も今年で十九歳になった。わしも大病を患い、いつ何があるやもしれぬ」

「何を仰せになります。父上はまだまだ元気でいていただかなければ」

「いや、わしも四十二歳となった。この先何があるか分からぬ。お主も何があっても動じぬ覚悟を持つことに早すぎることはない」

　忠利は病床での父の言葉に戸惑いを覚えた。


　忠利の国入りに併せるかのように家康からの使いとして岡田太郎右衛門が忠興の元にやって来た。忠興は床を離れ身なりを整え弟の香春《かわら》城主孝之を従え忠利と康之と共に使者を迎えた。右衛門から家康と秀忠の見舞いの品を差し出された忠興は恐縮しながらも素直に喜びを表した。ところが右衛門はただの見舞いの使者ではなかった。彼はもう一つの役割を担っていたのだ。家康と秀忠から内書を託されてきたのだ。忠興は右衛門を上座に据え拝礼して内書を受取った。それまでいつになく穏やかな表情をしていた忠興だったが、内書に目を通すと一瞬険しい表情となった。内書は四通あった。すべてに目を通し一つひとつ丁寧に折りたたみ小机の上に置いたとき忠興は再び穏やかな表情に戻っていた。

「将軍家にこれほどご心配をお掛けしていたとはこの忠興心苦しいばかり。早速お礼の書をしたためよう。岡田殿からもくれぐれもよろしくお伝え願いたい」

　その晩、忠興は右衛門をねぎらう宴を催し、翌日には家康と秀忠へ五つの荷駄による返礼の品を添え城門まで出て見送った。右衛門の一行が見えなくなるとそれまでにこやかだった忠興の表情が一変して険しくなった。

孝之が香春城に戻った後、忠興は康之と忠利を居間に呼び入れた。それまで内書に書かれた内容について孝之と康之には耳打ちしていたかもしれないが忠利は全く聞かされてなかった。忠興は無言のまま四通の内書を康之に手渡した。康之はそれを受け取ると一度頭上に掲げ緊張した面持ちで開いた。家康からの内書に目を通す康之の顔が見る間に強張っていく。読み終えると小刻みに震える手で秀忠の内書を開いた。康之は目を通した後、もう一度読み直して深いため息とともに折りたたみ手前に置かれた小机の上に置いた。忠興は何故か忠利には内書を見るようには言わなかった。忠利にも内書には細川家を揺るがすようなことが書かれていることは分かる。それは果たして何なのか。家康は病に倒れた父忠興が国を治めていくことに不安を懐いているのかもしれない。忠利が江戸を発つとき城中では忠興が危篤に陥ったという噂が立っていたからだ。将軍の地位についた家康は徳川体制を盤石なものにするため大名への干渉を強めてきている。忠興は石田三成の企てた家康襲撃をいち早く知らせ、そのとき家康から『忠興殿は余の命の親にて候』と言われたほど感謝され、それ以来強い信頼を得てきた。そうしたことから細川家が幕府からぞんざいに扱われることはないはずだが、それとてなんの保障にもならないことも世の常だ。

## (2)

忠興は何故か内書を忠利には見せぬまま、声を掛けた。

「光よ」

「はい」

父の声はいつになく乾いたものに聞こえる。

「昨日はわしの身に何があっても不思議はないと申したの」

「はい、伺いました。したが病も快方に向かっているご様子。まだまだお元気でいていただかねばなりません」

「お愛想は無用じゃ。それよりその方の覚悟のほどを聞かせてもらおう」

父の問い掛けに忠利は一瞬戸惑った。

「如何した。細川家を支えていく覚悟はできているかと聞いているのじゃ」

「無論その覚悟でおります。とはいえまだまだ至らぬことばかりで兄上たちに到底及びませぬ」

するとにわかに忠興の顔が険しくなった。

「兄たちに遠慮してそのようなことを申すのか。それとも覚悟が足りずにそう申しているのか」

　忠利には何故父がそのようなことを言い出すのか解せなかった。兄たちを支えていくことが家を支えていくことでもあると考えるからだ。

「家を支えていくということは父上や兄上たちの力となっていくことと心得ます。未熟とはいえそうした覚悟は常に持っております」

　忠利はそう言いきった。ところがその言葉に忠興の表情が更に険しくなった。

「お主、今まで江戸で何を学んできた」

　忠興は病上がりとは思えぬような鋭い視線で忠利を睨みつけた。

「将軍家は今、何よりもこの国を治めようと腐心なされていることはお主も承知しておろう。将軍家を見よ、次男秀康様は太閤の元に養子に出されたことで跡継ぎとはお考えになってはおられない。そうしたことをお主、何と見る。興秋は一度家を出た者。細川家も同じことがいえるとは考えぬのか」

　このときはじめて忠利は内書が家督に関するものだと確信した。であればなおさらのこと軽々しいことは言えない。

「存じております、したが兄上（興秋）は養子縁組を解消し本家に戻ってきています。弟として兄を支えていくのは当然のこと」

「愚かな！　情に流され道を踏み違えることがあるということを知らぬのか。領民を預かる者にとって身内への情は二の次ぞ」

父の言葉とはいえ忠利としてはこれだけは節を曲げるわけにはいかなかった。廃嫡された忠隆はやむを得ないとしても、次兄興秋は養父興元が出奔したとはいえ当人に非があったわけではない。今では中津城城代として務めを果たしているのだ。しかし忠興はそれ以上忠利の考えを聞こうとはせずこう言った。

「将軍家からは家督についてはそなたが継ぐことを許すとの内意をお受けした」

このときになってはじめて忠興は家康と秀忠の内書を忠利に手渡した。二通が忠興宛で、二通は忠利宛だ。忠利は努めて気持ちを抑えながら内書に目を通した。家康の忠利宛内書には『豊前宰相家督については忠興の内存に任せその方に家を継ぐことを許す』と書かれていた。それを見て忠利は思わず書面から目を離し宙に浮かせた。これではあたかも父が次男興秋を差し置いて三男忠利を後継ぎとすることを願い出ていたかのようにも受け取れる。だが父に限ってそのようなことを申し出るはずもない。では何故『忠興の内意により』などと書かれているのか。混乱する頭で秀忠の内書を手にしたが、そこにもほぼ同じ内容のことが書かれていた。

興秋は体躯に恵まれ豪胆で何度も戦場に出て武将としての働きを積み家臣からの人望も厚い。兄弟の中で性格は最も父忠興に近いといわれている。その兄を差し置いて家督を継ぐことなど思ってもみないことだった。

「内書には父上の内意により家督相続を許すかのように書かれていますが、父上がそのようなことを申したとは思えません。将軍家はどのような意向でこのようなことを書かれたのでしょう。当家にとっても兄上を差し置いて私が家督を継ぐようなことになればいたずらに家中に不和の種を宿すことになるだけです」

正面から異論を唱えれば頑な父の怒りを買うばかりであることを知っている忠利は、言葉を選びながらこう言った。長兄忠隆は正面から異を唱えたことで父との亀裂が決定的なものとなったからだ。

「早まるな、将軍家はわしの内存ならばそなたが家督を継ぐことを許すと言われただけで、そうと決まったわけでもなければ時期についても指定されたわけではない」

忠利には父の言葉に多少無理があるようにも聞こえたが父ならば幕府に対してそのぐらいの事は主張するだろうとも考えた。

「父上のお考えがそうであれば忠利、これ以上は申しません。私は偏に父上の元で兄上を盛り立て家中を一枚岩にしていくことが肝要と心得ます」

忠興は忠利の言葉を肯定も否定もしなかった。

「いずれにしても何が起きても動じぬよう日頃から心しておくことが肝要と言うことじゃ」

こう言われて忠利はいまひとつ父の本音が何処にあるのか掴みかねていた。

家康が以前から忠興に忠利の家督相続をほのめかしていたのは確かだ。しかし忠興は将としての資質は次男興秋の方にあると考えその都度返事をはぐらかしてきた。忠隆を廃嫡した上、興秋を差し置いて三男の忠利が家督を継ぐようなことになれば家中の分裂を招きかねないからだ。忠興としては頃合を見計らって家康に興秋への家督相続を切り出そうとしていた。しかしその時期については徳川幕府が樹立して間もなく、朝廷との結びつきの強い豊臣家が並立していることから情勢は流動的であり細川家の舵取りを次の世代に委ねるには時期尚早と考え先送りしてきたのだ。

ところがそんな中、大患に見舞われた。すると幕府からすぐさま家督を決めておくよう通達があった。その後一旦は小康を保ったことで、次に参府する際に興秋の家督相続を申し出るつもりでいた。ところが再び病状が悪化し危篤に陥ったことで家康は断を下したのだ。内書にはかねてより忠興から願いが出ていたのでそれを許すという形を取っており文中には『忠興の内存』という文言が入っていた。これはいかにも家康らしいやり方といえる。他家への内政干渉と受け取られないためには忠興がかねてより忠利の家督相続については否定していなかったことで内諾していたととらえ、その意に沿って家を継がせることを許すと書いてよこしたのだ。

家康の意向に沿わないことを口にすることを憚り家督についての考えを明言してこないできたことが災いしたといえる。忠興としてははしてやられたという思いがあったが今となっては受け入れざるを得なかったのだ。

家康は自分の代の内ならどのような大名といえども御すことができると考えているはずだが、すでに秀忠に代替わりした後のことを考えだしている。忠利は元服前から秀忠に仕え、その忠勤ぶりは家康にも認められている。会津遠征の際は十五歳でありながら出陣を願い出、秀忠軍に従い懇ろな陣中見舞いをする健気な態度が家康の目にも止まり、出陣こそ許されなかったが関ヶ原の役の後に秀忠の諱の『忠』と内記という官名を与えられた。将軍家へ一途に忠誠を尽くす忠利が家督を継げば秀忠の代になっても家康としても安心なのだろう。こうした他家への干渉はときとして予測のつかない事態を引き起こすことがある。僅か一年前には最上義光《よしあき》が家康の覚えの目出度い次男家親を後継とすることで嫡男義康と不和になり死に追い込んでしまった事件が起きているのだ。細川家にとってそれは決して他人事とはいえないことだった。

## (3)

忠興の容態は日に日に快方に向かっていった。忠利は一安心し江戸に戻る準備に取り掛かった。ところが幕府から今しばらく豊前に留まっていてよいとの知らせが届いた。それは秀忠の意向でもあるという。思いもよらず国元に今しばらく留まることとなった忠利は叔父孝之の香春城に身を寄せることになった。疋田文五郎が領国内に居れば真っ先に会いに行くところだが、あいにく京の幽斎の元に行っており、それは叶わなかった。そこでこれを機に領国をくまなく回っておこうと思い、早速国内を巡回することとした。まずは豊前を廻りその後、豊後に足を延ばすつもりでいた。豊前を回るうちに中津に柳生宗矩に劣らぬ兵法家がいるとの噂を耳にした。それは宮本無二斎という兵法家だった。かつては将軍足利義昭の御前で将軍家指南役吉岡憲法と試合し、これを破り『日下無双』の称号を与えられた遣手だという。今では『当理流』を立てこの地にその兵法を広めてきた。柳生宗矩に師事している忠利としては大いに興味が惹かれた。さっそく中津に道場を開いているという無二斎の元を訪ねることにした。

忠利は江戸において将軍家兵法指南役の柳生宗矩から秀忠近習の者たちと供に手ほどきを受けているが、新陰流の形を打つことの繰返しで、互いに打ち合うことは未だ許されていない。宗矩は稽古を見ることはあっても、手を取って教えるわけでもなく、ましてや形を打つとき相手になることもなかった。大概は柳生の里から来た者が師範代として稽古をつけていた。そうしたことから、今一つもの足りなさを感じていた忠利は、無二斎の兵法が如何なるものか是非とも一見したいと思ったのだ。

忠利は石寺頼之の他に家中でも一、二を競う剣の遣手加賀義信を連れ身分を隠し無二斎の道場を訪ねることにした。義信は二十八歳にして中条流皆伝の腕前だ。忠利が豊前に来てから稽古で手合わせをしたことがあるが、底知れぬ強さを秘めた遣い手といえる。彼は百五十石扶持の次男として生れた軽輩だが、腕が立つことから家中においては一目置かれた存在となっている。とはいえそれによって傲慢になることもなく、物腰も柔らかなので忠利は迷うことなく義信に供をさせたのだ。細川家にはもう一人三十半ばの陣内政次という神道流の遣手がいる。

無二斎の道場は城下の武家屋敷の外れにある。中津川（山国川）を越えると町屋が続く。中津城は三年前までは黒田長政の父孝高（如水）の居城だった。中津川を天然の水堀とする中州にある城は河口に近く、潮の干満によって堀の水位が大きく変わることから潮の流れを熟知していなければ攻め込むのは容易ではない。

如水は中津城を拠点として関ヶ原の戦いの際、九州制覇のみならず天下をも手に入れようとさえした。ところが関ヶ原の戦いは思いもよらぬほど早く終息したことで九州制覇の野心は封じられてしまった。家康は如水の息子長政に関ヶ原の合戦の軍功として筑前五十二万石を与え、豊前を忠興に与えたが、そのとき如水は城の大改修に取り掛かっているところだった。家康が如水の野心に気付かぬはずもない。彼が城の大改修を行っていることも先刻承知のうえでの国替えだった。野心の芽が摘まれたのが余程口惜しかったのだろう、如水は石垣の修理を途中で放り出したうえ、本来なら移封されてくる細川家が徴収するはずの年貢を先取りして筑前へと移っていってしまった。

とんだ迷惑を被ったのは忠興だ。年貢が入らなければ藩の財政は成り立たない。忠興はすぐさま黒田家に抗議したが新藩主となった長政は如水の意向もあってかまともに取扱おうとはしない。このままでは埒が開かないと思った忠興は翌年三月に参府した際、家康に訴え出た。その訴えは認められたものの直ぐに重臣を派遣し調停するところまでには至らなかった。徳川家としては戦後体制確立のための案件が山積しており忠興の訴えに対応する余裕などなかったのだ。それではと忠興は家康の内書をかざし黒田家に年貢の返済を迫った。家康が細川家の正当性を認めたとなるとさすがに黒田家もそれに従わざるを得ないが、何かと理由を付けてすぐには返済できないと言ってきた。

癇の強い忠興がそのままでいるはずもない。それならばと九州の玄関口である門司を固めさせ、筑前から大坂向け出荷米を乗せた黒田家の船が通るところを差し押さえようという強硬手段に出た。道理は細川家にあると忠興は一歩も引下がらなかったのだ。ようやく関ヶ原の戦いが治まったというのに早くもきな臭い事態が発生しようとしていた。こうなると幕府も見過ごすことはできない。そこで家康は四天王と呼ばれる重臣のうち本多忠勝と榊原康政両人に仲介を命じ派遣した結果、黒田家から徴収した年貢を翌年五月までに返済するよう一礼を出させ、落着を見た。この事件以降、細川・黒田両家の関係は一気に険悪なものとなっていった。

両家の間にはその後も衝突が絶えなかった。黒田家は忠興の弟興元が慶長六年（一六〇一）十二月京に出奔する際、密かに舟を回し手助けをしたのだ。これによって細川家は黒田家によって大いに足元を揺さぶられることとなった。そもそも忠興は長政が関ヶ原の戦いにおいて戦場での働きでなく、西軍の小早川秀秋を始めとした諸将の寝返り工作の功が認められたことへの不満もあった。命を懸けて西軍と戦った自分たちよりも軍功第一と評価された長政に対するやっかみが無かったといえば嘘になる。

豊臣恩顧の大名でありながら関ヶ原の戦いでは、武闘派として石田三成と敵対し東軍として共に戦った黒田家と細川家は、徳川の時代になると互いに反目し合うようになっていった。忠興は家中の者たちに、

「他の大名家と行き逢ったときたとえ相手に無礼があったとしてもこちらは慇懃に対応すべきだが、黒田か肥後の加藤の場合はその限りではない」

と公言し、さらにこうまで言っている。

「両人（黒田・加藤）家中がこちらに無礼があったとき、それを見過ごしたなら『曲事《くせごと》（処罰の対象）』とする」

加藤家まで敵視しているのは清正と長政が親しかったことによるものだが、忠興の長政嫌いはここまで来ていた。しかし忠興は長政にやられてばかりはいなかった。慶長十一年（一六〇六）如水の厚い信頼を得ていた後藤又兵衛が長政と衝突し黒田家から出奔して領内に入ってきたときは、又兵衛を公然と保護し逃してやったのだ。

忠興は如水が放り出していった石垣工事に併せて城郭の大修築に取り掛かった。中津城は周防灘に面する河口に向かって、鶴翼の陣を敷いたような形をとり、水堀にせり出すように築かれ、陸からの攻撃を寄せ付けない構えをなす要害である。とはいえ隅々まで黒田家に知られた城では有事の場合、弱点を突かれる危険性があることから城の改修は急を要した。

その一方で忠興は中津城の改修と並行して九州の出入口に拠点を移すため小倉城の普請に取り掛かった。忠興は、家康が自分に豊前の国を任せたのは九州の押えとなることを望んでいると理解した。小倉は関門海峡に面していることから九州の諸大名が大坂や江戸に向かうには必ずここを通る。それを避けようとすれば海上を大きく迂回しなければならない。それだけに小倉は九州全体を監視する重要拠点となる。そこで忠興は出奔した弟興元に代わり小倉に移り興元との養子縁組を解消させた興秋を中津に移したのだ。

（4）

興秋が移った中津城の南側に宮本無二斎の住いがある。宮本無二斎の屋敷の作りは質素というよりも粗末でさえあった。門を潜ると三畳ほどの小さな玄関があり、その奥に六畳ほどの部屋と横に同じような部屋があるのが覗ける。さらにその奥には別棟になった横に長い馬小屋のような建物がある。どうやらそれが稽古場のようだ。母屋と渡廊下で繋がっているようだが、屋敷の東側にも細い通路があり、そこから出入りする造りとなっている。通路沿いの生け垣も手入れされているとは言い難く、竹組みの麻紐が切れて崩れかかっている箇所が幾つか見受けられた。

（これがその昔、日下無双と謳われた剣豪の棲家か）

忠利は場違いなところに来てしまったような思いがした。中で稽古をしている気配もない。

それでも頼之はためらわず門を潜って声を掛けると、間もなくして玄関に二十歳ほどの若者が現れた。

「拙者、細川家家臣石寺頼之と申す。稽古を拝見できれば有難く存ずるが」

「少々、お待ちくだされ」

若者はそう言うと奥に引っ込んだ。忠利たちはそのまましばらく待たされた。さほど大きな屋敷でもないが、取り次ぎに随分と時間が掛かる。案内を請うたことを忘れられたのではないかと思われた頃、突然、六尺近い老人が部屋の奥から現れた。


そのとき忠利は薮の中でいきなり虎に出くわしたような衝撃を覚えた。それは殺気とも違う。人に襲い掛かってくる野生の本能ともいえるものを老人から感じた。癖毛のうえ剛毛なのだろう、結った髪はあちこち飛び跳ねている。月代《さかやき》も手入れされていないのか毛羽立って見える。着流しに紺の小袖という無造作ないでたちだ。

「いずれから参られた」

取り次ぎがなされていないかのように老人はそう訪ねた。

「これは申し遅れました。拙者、細川家中の石寺頼之と申す、そしてこの二名も同じ家中の者、本日は高名な宮本無二斎先生の兵法を拝見いたしたく参りました」

「細川ご家中の方々か、それはめずらしい。黒田殿は兵法熱心だったが、細川殿は余り兵法には関心をもたれていないように見受けられるがの。領主が代わってからというもの、稽古に来る者がめっきり少なくなった」

老人は玄関先まで出てくることもなく部屋の奥に突っ立ったままそう言った。気に染まぬ来訪者だったらそのまま追い返してしまいそうな気配だ。

「失礼ながら、宮本無二斎先生とお見受けいたしましたが」

頼之の問いに、老人は言うまでもないとばかりに頷きもしなかった。

「浅学非才な我らながら、高名な『当理流』兵法を拝見させていただければこの上ない喜び、稽古を拝見させていただけますまいか」

老人はへりくだった頼之の態度に多少気をよくしたのか、はじめてまともに視線を頼之に向けた。

「見せるも見せぬも、今日は弟子がおらず稽古する者がおらぬ。わしでよければお相手いたそう」

「それは願ってもないこと」

頼之はすぐさまそう答えた。そのとき、老人の眼光が鋭く光った。

忠利たち三人は屋敷の右手の通路を通って稽古場に向かったが、そこは母屋以上に粗末な造りのものだった。雨風を凌ぐというよりも、稽古風景を覗かれないための造りでもあるかのようで、人の背丈より高い格子窓が南北側面に三つずつあり、通路からの入口と屋敷に通じる引戸があるだけだ。壁は節だらけの板が打ちつけられているが腰から首の位置にかけていたるところに窪みがある。それはどうやら木刀で突いた跡のようだ。これを見ても稽古はかなり厳しいもののようだ。粗末な建付けの稽古場にも拘らず南向きの神棚は四尺ほどもある通し屋根三社の造りの凝ったもので前には〆縄が掲げられ、左右の榊は常に替えられているようで青々としている。また、床板は正目の上質な杉を使っており、黒光りするほど磨き上げられていた。これは毎日欠かさず乾拭きをしなければ出ない光沢だ。

無二斎は稽古場に立ち入ると無言のまま忠利たちを招き入れた。

「まずは内弟子の総助に相手をさせよう」

そう言うと無二斎は取り次ぎに出てきた先程の若者を呼んだ。

「総助、客人のお相手をせよ」

「かしこまりました」

総助と呼ばれた若者は躊躇せず刀掛けにある木刀の中から一本を無造作に取り出した。頼之もまた無言のまま加賀義信を促した。義信は頷くと袋から木刀を取り出し道場の中央に出た。

忠利は頼之と供に道場の隅に座り立ち合いを見守った。無二斎は稽古場のほぼ中央に立っている。総助は中段に構えると鋭い気合を発した。義信もそれに「オウ！」と応えた。総助は右へ回りながら打ち込む機会をうかがう。義信はほとんど動くことなく剣先を総助の額にピタリとつけ相手の中心線を外さない。頼之の剣は相手の剣先を抑えている。腕は間違いなく義信の方が上のようだ。しかし総助は右へ回りながら果敢に隙をうかがっている。

義信も初めての相手なので隙を見せて誘いを掛けるようなことはしない。思わぬ技を仕掛けられどんな不覚をとるやもしれないからだ。しかし睨み合ってばかりいても埒はあかない。義信は総助の動きに合わせて右斜め前に回り込みながら間合いを詰めていった。

義信に対して打ち込む機会を探っていた総助だが、間合いを詰められることによって次第に壁の隅に追いやられていった。総助が右に回り込もうとしても壁が遮り動きを封じられるところまで追い詰められていた。しかし不可解なことに彼に焦りの色は浮かんでいない。

（これは誘いかもしれない）

立ち合いを見ていた忠利は一瞬そう思った。戦場においては百戦錬磨の猛者でも思わぬ不覚をとることがある。強者が弱者に常に勝利するとは限らない。ときとして運不運も左右する。しかし油断できないのは、腕は劣るものの定石では考えられぬ技を繰出し、勝利を得る者も中にはいるということだ。

誘いを掛け追い詰められたように見せかけることも策の内であれば、焦りの色は浮かぶはずもない。もしも相手が術中にはまらなければそれまでとはじめから覚悟を決めているからだ。相手が誘いに乗ってくれれば相打ち覚悟で必ず仕留める、そうした気配が総助に感じられる。義信は総助を道場の隅に追い詰めると剣先を相手の胸元につけ更に一歩、間合いを詰めた。もう半歩間合いを詰めれば総助の動きは完全に封じられるところにあった。総助はそれでも構えを崩さない。あたかも義信が打ち込んでくるのを待っているかのようだ。義信は総助の誘いには乗らず、打ち込むことなく更に半歩間合いを詰めた。

義信が間合いを詰めるのと総助が攻めに転じるのが同時だった。鋭い気合とともに総助は義信の剣先を払いざま振りかぶって真一文字に切り込んだ。義信は相手の技を誘い出したのだ。義信は総助の打ち込みを見切り、総助の肩口に木刀を振り下ろした。脳天に振り下ろせば相手に致命傷を負わせることになっていたはずだ。勝負あったといえる。ところがそのとき総助は思わぬ反撃に転じた。義信の打ちを肩に受けながらも、振り下ろした剣先を一転して突き上げたのだ。危うく股間を突かれるところだった義信はかろうじて身を引いて躱したが、袴は大きく引き裂かれていた。総助はこの機を逃さじとばかりに凄まじい勢いで突いて出る。義信は剣先を抑え躱したが、思わぬ後手を踏んだのは明らかだった。見る間に道場の端まで後退させられた。義信が壁を背にしてこれ以上下がれないところまで来たとき総助は渾身の力を込めて義信の胸元めがけて突いて出た。それは立ち合いとは思えぬほど捨身の技だった。

右に体を開きざま義信が総助の首筋に打ち込んだのと、総助の剣先が壁を鋭く突き破ったのと同時だった。

「ゲッ！」

総助は声とも悲鳴ともつかぬ声を発して白目を剝き横倒しに倒れ込んだ。その口からは泡が吹出していた。

（5）

立ち合いを見ていた無二斎は無表情のまま刀掛けから木刀を取り出した。気を失った総助には目もくれない。

「今度はわしがお相手いたそう」

そう言うや無二斎は木刀を手にすると道場の中央に立った。

「ご門弟の介抱が先でありましょう」

義信が言うと無二斎は皮肉な笑みを浮かべて言った。

「このようなことは日常茶飯事のこと、捨て置かれよ」

これを見ていた忠利は無二斎に底知れぬ不気味さを感じた。

片隅に総助が倒れ込んだ道場で、義信は無二斎と対峙した。

無二斎は正眼崩しの構えをとった。剣先は相手の眉間に向け柄本は左に開き軽く手を添える変則な構えだ。大太刀の場合には滅多に用いぬ構えだ。この構えは左右自由に動けるが、片手打ちとなる場合があることから膂力《りょりょく》に余程自信がなければ用いない構えといえる。


一方の義信は先程同様、正眼の構えをとった。総助との立ち合いで息を上げるような義信ではないが、一息付く間もなく無二斎を相手にするとは思ってもみなかったに違いない。無二斎は総助に立ち合わせて義信の剣筋を見て取った。一方、義信は無二斎がどのような兵法なのか知る由もない。弟子総助のように定石から外れた兵法なのか、それとも正眼崩しからうかがえるように力任せに剣を振るってくるのか。

老人とはいえかつては日下無双と謳われた剣豪だ。そのうえこの齢になるまで日々の鍛練は欠かしたことのないような引締まった躰付きをしている。義信は油断なく正眼に構えているが、間を詰めるでもなく回り込むでもない。固唾を飲んで見守っていた忠利は義信の分が悪いと直感した。義信とて細川家中一、二を競う剣の遣手だ。相手が誰であろうと、そうやすやすと後れを取るものではないはずだ。しかしその義信にして分が悪いと思わせる何かが無二斎にはあった。

確かに義信は攻めあぐんでいた。攻め込むには相手の中心線を奪うことが鉄則だ。ところが無二斎は正眼崩しの構えをとることによって左こぶしをはじめから中心線から外している。それでいて剣先はピタリと義信の眉間につけている。不用意に義信が攻め込みでもすれば無二斎は左右自在に変化し『後の先』を取られる恐れがある。かといって攻めを躊躇していれば『先の先』を取られ今にも攻め込まれそうな気配だ。無二斎が手にしたものが小太刀であれば、ある程度の予測がつく。しかし太刀だけにどのように変化するか予測し難い。

義信の額には大粒の油汗が滲み出ていた。明らかに攻めあぐんでいる。一方の無二斎は半身の構えに左手を木刀の柄部分に軽く添え、ほとんど素立ちの姿だ。数呼吸した後、いきなり無二斎が間合いを詰めた。義信もさすがに下がることなく構えを崩さない。無二斎がさらに一歩踏み込んだとき義信は振りかぶり気合もろとも袈裟懸けに打ち込んだ。無二斎がわずかに右の手元を返して義信の剣先を撥ね上げ、次の瞬間弧を描き右片手打ちに義信の木刀の中ほどをしたたか打った。無二斎は木刀をあたかも小太刀のように扱ったのだ。これなら正眼崩しの構えで左こぶしを中心線から外しても問題はないはずだ。その勢いは凄まじく義信の手から木刀が叩き落とされ道場の端まで飛ばされ、壁に当たって足元に跳ね返ってきた。咄嗟に義信は木刀を拾い上げようとした。

そのときだ、無二斎が飛鳥のごとく大きく一歩踏み込み義信の手首を打った。「ボクッ」という鈍い音がした。義信は咄嗟に左手で打たれたところを抑えたが、掌から見る間に鮮血が滴り落ちた。不自然に曲がった手首から血まみれになった白い骨が飛出していた。

「素手のものを打つとは卑怯であろう！」

忠利が我を忘れて叫び無二斎に詰め寄ろうとしたその時、頼之が忠利の袴の裾を引いて言った。

「若、これは立ち合いの上でのことですぞ」

忠利の方に向き直った無二斎が唇に薄っすらと皮肉な笑みを浮かべて言った。

「太刀を取ろうとすれば最早、素手とはいえぬ。それを制すは兵法の〝いろは〟じゃ、それとも細川家中の者はそれすら心得ておらぬのか」

無二斎ははじめから忠利を歯牙にもかけない様子がありありだった。そして頼之の方をに視線を向けた。

「手合わせを望むならお相手いたすぞ」

「それには及ばぬ、当理流なる兵法、とくと拝見させていただいた」

頼之としても皮肉を込めてこう言うのが精一杯だった。


忠利三人は無二斎の屋敷を後にした。一刻も早く手当てしなければ二度と刀を握れぬことにもなりかねない。義信の手首に添え木を当て、肩からさらしで吊った。頼之は義信に肩を貸し、小倉へと向かった。忠利は義信が負った傷が尋常でないことが分かっていた。

「小倉に帰ったら名医を呼んで治療いたすからそれまでの辛抱じゃ」

「何のこれしき、怪我の内にははいりませぬ」

頼之の励ましに義信は平静さを装っていたが、無念さは忠利にも伝わってきた。二人とも無二斎の兵法に違和感を感じているに違いないが、それを口にしたところで詮無いことと思い、口をつぐんでいるようだ。忠利にしても、立ち合いである以上無二斎に苦情を言える立場になかったが、後味の悪さばかりが残った。

（柳生が無二斎と立ち合ったなら勝ちを得ることができるであろうか）

忠利の心にふとそんな疑問が生じた。

（柳生殿の稽古は常に形に始り、形で終わる。秀忠様のお稽古の折も、打ちを誘っておいて柳生は打ち返すことなく『それでよろしゅうございます』などと言うばかりだ。秀忠様なら兎も角、我らもそのような稽古をしていて他流と剣を交えたとき本当に勝ちを得られるのであろうか。
将軍家は栖雲斎を匹夫の剣として、同じ陰流である柳生宗矩の方を改めて兵法指南役としてお認めになった。これは打ち勝つためだけの兵法はもはや認めないということなのだろうが果たしてそれで事は済むのだろうか。太閤の時代には太閤が称号を与えた刀鍛冶や、能の演者が天下一と称されてきたが、兵法に限っては例え称号を与えられたところで、手合わせをすればそのようなものは何の力ももたない。果たして宗矩殿は無二斎に勝つことができるのであろうか)
忠利の心の中に新陰流に対する微かな疑問が芽生えていた。

## (6)

やがて暑さも峠を越え秋風がそよぐ頃になると江戸の動きに変化が現れた。家康が上洛するのではないかという噂が何処からともなく立ち大名がそわそわしだしたのだ。家康は既に秀吉が逝去した年齢を越え、六十三歳になる。都では家康が上洛を機に将軍職を秀頼に明け渡すのではという噂が立った。しかし僅か十二歳の秀頼に政権を移譲すれば、ようやく治まりかけた世が再び混とんとなるのは誰の目から見ても明らかだ。それでもそうした噂が絶えないのは太閤に対する人気が未だ衰えていない証拠ともいえる。

この年八月十五日に豊太閤七周忌の豊国祭が行われた。家康は徳川の世となったからには人もそれほど集まらないのではと高をくくっていたようだ。ところがいざ開催すると群衆が都を埋め尽くし、天皇までも見物されるほどのにぎわいとなり改めて太閤人気の高さを思い知らされる結果となった。この様子ではもしも豊家の名で兵を集めたなら大名はじめどれほどの者が名乗りを上げるかしれず家康の内心も穏やかではないはずだった。

豊臣家でも太閤恩顧の大名は秀頼が声を掛ければ犬馬の労も厭わず豊家に尽くすという思いが未だ根強く残っている。安芸広島藩主福島正則や肥後熊本藩主加藤清正、薩摩藩主島津家久(忠恒)の面々に加え、筑前福岡藩主黒田長政、紀伊和歌山藩主浅野幸長、豊前小倉藩主細川忠興も含まれている。それだけに忠興は豊臣家に少しでも関与していると見られることを極端に警戒した。

関ヶ原の戦以降、四年が経つがそれ以来大きな戦は起きてない。家康が将軍職に就いて二年も経たぬうちに豊臣家への政権移譲の噂が立つということは、いかに人々が太平の世に慣れていないかということだ。太平の世を夢見ながら戦乱の世を生き抜いてきた者たちは、ようやく巡ってきた平穏な日々に手を合わせ感謝する一方で、こうした日々が長く続くはずもないという不安を常に抱えている。そして平穏な日々が続くにつれ、いつかこの平穏が破られるときがくるのではという不安が強まってくる。そして不安が募るにつれ魅入られるようにしてその中に引きずり込まれていく者が出てくる。

そこには戦によって滅ぼされた者たちの怨念が潜んでいることと無関係ではない。西軍に与し代々仕えてきた家を失い浪人の身となった者たちは、何とか世の中を揺るがし復活の道を探ろうとする。もしも家康が政権の座から降りれば先の戦で滅ぼされた者たちが一気に動き出すことだろう。彼らはその機を今か今かと待ち望んでいるのだ。

そうした者たちは自分たちの望みを噂話の中に織り込み、世の中を煽っていく。多くはたわいもないものだが、かといってこうした噂を放っておけば知らぬ間に思いも寄らぬ事態を招くことにもなる。細川家が将軍家に対して不穏な動きがあるという根も葉もない噂が流れれば火のないところに煙りは立たぬとばかりに噂が噂を呼び、消すことのできないほどの火の手となりかねない。それを忠興は警戒していた。

一進一退を繰り返していた忠興の病状も十月にはようやく落ち着いてきた。忠利が小倉に留まって二カ月になる。いつまでも江戸に証人を置かずにいるわけにはいかない。かといって家康と秀忠が家督相続を認めた忠利を江戸に返すことはできない。忠利には千丸という弟がいたが早世してしまっていることから残るは次兄興秋ということになる。ところがその興秋はこれまでに廃嫡となった長男忠隆に代わって家督を継ぐものと思われてきた。本人もそのつもりで豊後中津城を守ってきた。忠興も家督の件について未だ興秋に正式には伝えていない。忠興は忠利に家督を継がせるかどうか決めかねているからだ。忠利も兄を差し置いて家督を継ぐようなことになれば家中に不和を生じさせる元となると言っていたが、忠興もそのことを懸念している。かといってこのまま江戸に証人を送らないでいるわけにはいかない。そうなると興秋を置いて他にない。

（興秋としては不本意だろうが致し方ない。江戸で忠勤に励めば将軍の目にも止まる機会もあろう。関ヶ原の役では戦功を挙げ秀忠様より感状も与えられていることから覚えは良いはずだ）

忠興の腹の内では興秋の家督相続という選択肢が消えたわけではなかった。

忠興は中津から飯河肥後宗信を呼びよせた。当年二十三歳となる宗信は飯河豊前宗祐の子で六千石扶持の重臣として興秋に仕えている。祖母は忠興の母麝香《じゃこう》の姉であることから細川家とは姻戚関係にある。強い意志を宿す目と引き締まった口元の若者だ。書院に待たせていた宗信の前に現れた忠興はおもむろに口を開いた。

「これから申すこと心して聞くよう」

宗信は緊張した面持ちで忠興を見上げた。

「忠利が余の見舞いに来たことで江戸屋敷は主不在となっている。幕府の許しを受けたとはいえいつまでも厚意に甘えているわけにはいかぬ。ついてはこの文を携え興秋にすぐさま参府するよう申し伝えよ」

忠興の言葉に宗信の顔が強張った。

「恐れながらお館様がめでたく全快された今、忠利様が江戸屋敷にお戻りになると思っていましたが」

宗信は恐縮しながらもこう尋ねた。

「幕府のご意向じゃ」

「それは如何なることでしょう」

宗信は幕府の意向と聞いて主人興秋にとって抜き差しならぬ事態となっていることを感じ取ったようだ。

「委細については文に書いてある。そなたは興秋に参府の旨を伝えればよい」

「お言葉ですが興秋様に仕える身としては、如何に大殿の命とはいえ言われるがままに文を持ち帰ることは憚れます。恐れながら文を渡すだけなら大殿の元から使いを出し興秋様に届けさせれば済んだことではないでしょか」

「そうか、そなたも興秋に仕える身ゆえ、ただ文を持ち帰ることはできぬと申すのか」

「申し訳ありませぬ」

「よい、それでこそ興秋を補佐する者といえよう。ただしこれから申すことは他言無用ぞ」

　こう言って忠興は脇息に左ひじを乗せ少し前かがみになった。

「これは佐渡（松井康之）にも話してあることだが家督は忠利が継ぐことでお許しが出た。世子と決まったからには忠利を証人として江戸に置くわけにはいかぬ。それ故興秋を遣わすのじゃ」

　命を下すにあたって家臣が口を挟むようなことは赦さぬ忠興だがこの日は宗信の問いに答えた。内容を十分に理解させておかなければこの役目は果たせないと思ったのだ。このとき忠興は家督は忠利が継ぐと言った。忠利に対しては決して決まったことではないと言っていた忠興だったが、興秋を証人として江戸に送るからには表向きこう言わざるを得なかったのだ。ところがそれを聞いた宗信の顔色が一変した。

「今、なんと仰せになりましたか。家督は忠利様がお継ぎになるのですか」

宗信は驚きと戸惑いの色を隠さなかった。

「いきさつは書面に記してある。内容についてはこれ以上口外できぬ。そなたはこれを興秋に渡せばよい」

宗信は途方に暮れたような表情になって茫然と忠興を見るばかりだ。

「宗信、分かったか。しかと頼むぞ」

忠興の声で我に返ったのか宗信はいきなり平伏した。

「恐れながらそのお役目、お受けいたしかねます。それがしでは如何にも役不足です」

「そなたの父豊前は長年興秋を補佐して参った。そなたもまた興秋を幼い頃より知り性格も熟知している。それを見込んでのことじゃ。そなたをおいて他にない」

「勿体なきお言葉ながらそれがしではお役目を果たしかねます」

「そなたはわしの命に従えぬと申すのか」

忠興は思わず詰問するかのような口調となった。

「決して不忠で申すのではございませぬ。お役目を果たせぬときのことを案じて申し上げているのでございます。かくなる上はお役目をお受けできなかったことへのお詫びとしてこの場にて一命差し出します」

宗信は一歩も引かぬ眼差しを忠興に向けた。

その気迫にさすがの忠興も一瞬息を飲んだ。

「それは興秋を思ってのことか」

宗信は無言のまま平伏した。忠興の表情が一瞬苦しげに歪んだ。

「それがしのような者が使いしても興秋様のご納得を得られるとは思えませぬ」

「興秋は決して愚かではない。文を読めばわしの心は伝わるはず。これはそなたを見込んで申すのじゃ」

忠興はこう言ったが宗信は首を縦に振らない。これは今までにどんな困難なことでも厭わず引き受け忠義を誇ってきた飯河家の一族としては異例のことだった。忠興としても必ずしも家督は忠利に決定したわけではないという本音を口にできない苦しさがある。もしもそのようなことを口にして万が一にも外に漏れたりすれば「忠興に二心あり」と、幕府の不審を買う元となりかねない。

「この役目を果たしたならそなたの忠義は三代に渡って忘れまいぞ。この文を託せるのはそなたを置いて他に居ないのじゃ。興秋の元に赴く際には佐渡（康之）も同行させよう」

「それならばむしろ松井殿が説かれた方が興秋様もご納得なさるのでは。これは決して労を惜しんで申し上げているのではありませぬ。興秋様の為を思えばこそにございます」

「分かっておる。したが康之の口から申せばわしと康之が図ったのではないかという不信を却って抱かせることになろう」

いつもならちぎっては投げるように命を降す忠興だが、この日は一言一言かみ砕くように辛抱強く語った。長い沈黙の後、宗信は苦しげに口を開いた。

「恐れながら家督の件についてはお館様のご意向によるものなのでしょうか」

忠興は思わず唸った。忠興に対してこれほど踏み込んだことを問う家臣はかつていなかった。宗信としてもここで無礼打ちされてもやむを得ない覚悟で問うたのだろう。そこには興秋に仕える者として忠興に命じられたまま伝えるわけにはいかないという仕える者としての矜持があってのことだろう。

「それ以外に何があるというのじゃ」

こう言った忠興の目は座っていた。

「主家の家督について家臣の我らが口を挟むべきものではないことは重々承知していますが、恐れながら、何故興秋様でなく忠利様なのでしょう」

「控えよ宗信、差し出がましい口をきくと許さぬぞ。すべてはお家のためじゃ。それともお主、わしが忠利に肩入れし跡を継がせようとしているとでも思っているのか」

忠興の苛立ちを露わにして思わず声を荒げた。しかし宗信はひるまなかった。

「無礼の段、お赦しください。したがこのことを聞かずに興秋様の元に戻るわけにはいきませぬ」

「そなたの興秋に対する日頃からの忠義は余も存じておるわ」

「お館様は此度のことはお家のためであり忠利様に肩入れされたわけではないと仰せになりました。そこには我等には察し得ない事情があるのだろうと推察いたします。であればなおのことお館様直々に興秋様に説かれるべきかと存じます」

「興秋が望めばそうすることにもなろう。したがまずは今回の件を知らせておかねばなるまい。証人を他の者にすれば果たして大御所様のご意向が何処まで伝わったのかという疑念を幕府に抱かせることになる」

宗信は目を伏せることなくじっと忠興を見上げた。忠興もまた宗信から目を離すことはなかった。しばらくの沈黙が続いたのち、宗信が声を絞りだすようにして言った。

「お館様のお言葉を頂けるとあらば、私のような者がとやかく言うようなことではありません。ご無礼の段、平にお許しください。及ばずながら遣いをお受けいたします」

「うむ、遣いしてくれるか」

忠興もまた息を吐くようにして言った。

嫡男忠隆を廃嫡して以降家臣の多くが家督は興秋が継ぐものと考えていることは忠興も承知している。三男忠利が家督を継ぐこととなれば興秋が跡継ぎと考えていた者たちの反発を買うのは当然のことながら予想される。しかし彼らにはそこに幕府の意向が絡んでいることまで知るはずもない。家康が秀忠の代には主だった外様大名を徳川幕府の意に沿う者で揃えておこうと考えているのは明らかだ。家康が忠利の家督相続を推すのは忠利の忠勤ぶりを見てのこともあるが、それ以上に興秋がかつて秀吉の小姓として仕えていたことが障りとなっているのではないかと忠興には思える。「一度秀吉に仕えた者はその恩を決して忘れることはない」と言われていることに家康はことのほか敏感になっているからだ。

（家督についてはたとえ幕府といえどもが口を挟むことではないとはいえ、あえて幕府の意向に逆らうような家督相続をすれば後々些細なことで咎めだてを受け、いつ国替えとなるか廃絶の憂き目に遭うとも限らない。そのときになって幕府の意向に沿った者を世継ぎに立てようとしても受け入れられるはずもない）

忠興はこう考えている。興秋が家督を継ぐにはまさに家康や秀忠の『内意』が必要となる。遅きに失した感はあるが興秋が江戸に参府することによって家康の警戒心を取り除いていくことが必要なのだ。こうした事情を知るのは恐らく松井康之と父幽斎ぐらいだろう。そこに忠興の苦しい胸の内があった。

## ⑦

興秋は宗信を書院に通した。同席するのは杵築城城代松井康之だ。康之は清和天皇の血筋をひき幽斎が京都長岡の勝龍寺城城主であった頃から細川家に仕えてきた。主君ばかりでなく信長、秀吉からも厚い信頼を寄せられ、秀吉からは石見半国十八万石城主に取り立てるので家臣になるよう誘われたこともあった。譜代の臣を持たない秀吉は康之のような有能な家臣が是非とも必要だったのだ。しかし彼は謝辞しそのまま細川家に仕えた。また石田三成によって細川家が前田家と共に徳川家に対して謀反を企てているとの情報を流されたとき、家康は申し開きを当主の忠興ではなく康之に求めた。家康にとっても康之は信頼のおける人物だったのだ。そうした重臣を忠興は後見役として興秋の傍に置いていた。

「小倉よりただ今戻りました」

「ご苦労」

感情を押し殺し興秋は答えた。興秋は父が危篤に陥ったときすぐさま見舞いに駆けつけた。中津城に戻った後、忠利が江戸から見舞いに駆けつけ、その後を追うようにして幕府からの使者がやって来たことを知り近々何らかの動きがあると予感していた。

「お館さまよりお預かりいたしました書状にございます」

「うむ」

興秋は宗信から父の書状を受け取り中を開いて目を通した。すると読み進めていくうちに顔が険しくなり手が小刻みに震え出した。文は忠利への家督相続について将軍家より許しが出たことを伝えるもので土産物などは忠興の方で用意するので興秋は証人として直ちに江戸に向かうよう書かれてあった。さらに江戸における挨拶先などこまごまと書かれていたが興秋には家督相続が忠利に決まったということが頭の中を駆け巡りそれ以外のことは一切入ってこなかった。

読み終わると興秋は書状を畳むことなく脇に置いた。そして宗信を見据えて言った。

「父上はわしに江戸へ行けと言われたのか」

「御意」

「この文には家督について将軍家から許しを得て忠利に決まったと書かれているが、父上がそのようなことを願い出ていたとは考えられぬ。これは将軍家からの横槍ではないのか」

「そこまでは分かりかねます」

「そのようなことも分からずにそなたは文を預かってきたのか。何のための遣いぞ」

「申し訳ございませぬ。したがお館様はこれはお家のためであり決して忠利様に肩入れしたことではないと仰せでした」

「光（忠利）に肩入れしないで何でこのようなことが決められようか。そなたはそれを問わなかったのか」

「お館様は今回の件が決して本意とは思っておられないご様子でした。そこにはそれがしのような者には推し量れぬような事情も絡んでいるのではないかとも思われ、それ以上伺うことは無礼になると思い控えた次第」

「事情とは将軍家の意向ということであろう。追従もここまでくれば笑止千万」

「若様、お言葉をつつしみくださいませ。決してそのようなことではございませぬ」

宗信が言い終わらぬうちに興秋は一喝した。

「黙れ！　父上はわしを見限られたのじゃ。光に代わって江戸に行けだと？　何で生き恥さらしておめおめと江戸など行けようか」

怒りを露わにすることで更に感情が昂った興秋は腰の脇差に手を掛けた。

「若様！　短慮はなりませぬ！」

とっさに宗信は飛びつき興秋の腕を押さえた。

「ええい、放せ。このような恥辱を受け何でこの先生きていられようか」

興秋の力は凄まじかった。宗信は振り回されながらも興秋の腕にしがみついた。そのとき康之が一喝した。

「お静まりなされ！」

幾多の修羅場を潜りぬけてきた老臣の一喝に思わず興秋の動きが止まった。

「若様はお父上の無念がお分かりにならぬのですか」

苦し気な康之の唇は微かに震えていた。

「父の無念じゃと？　お気に入りの光が世継ぎと決まったのであろう。喜ぶことがあっても無念と思うはずがあるものか」

興秋は険しい形相で康之を睨みつけた。しかし康之は動じなかった。

「お父上がこ度の件でどのようなお気持ちでいられるのかお考えなされ」

「父上の気持ちだと？」

康之の言葉に興秋は意表を突かれた。康之は興秋の正面に座り直した。

「ここはただただ辛抱が肝要ですぞ」

「書状には光への家督相続が認められたと書かれている。ということは父上が望んだということであろう」

「お館様のお立場を考えなされ。幕府のご意向に反するようなことは例え我が子への文にも書くことはできますまい」

それは興秋にとってそれは意外な一言だった。

「それではこのことは父上の望んだことではないというのか」

「それは口に出すべきことではありませぬ。口が裂けてもそのようなことは言えぬお館様のお気持ちを察するべきです」

康之にこう諭され興秋の怒りに迷いが入り込んできた。しかし思い直したかのようにこう言った。

「たとえそうであろうと家督のことに口を挟まれ言われるがままになる家が今までにあったか」

「そこを辛抱なさるのです。どうかお父上のお気持ちをお考えなされ」

康之は三度忠興の気持ちを察するようにと説いた。

「今や豊臣家ですら将軍家のご意向に逆らうことはできないのです。その将軍家もかつて総見公（信長）の命でご嫡男の信康様を切腹させねばならぬことがありました。また秀吉公より関東移封を命じられたとき一言の苦情を申されずに浜松の地を後にしました。それというのも時の権力者の意に沿わなければ立ちゆかなくなることを承知していたからです。細川家とて同じことです。お館様といえども将軍家のご意向とあればお受けせざるを得ないのです。ただ本心は必ずしも従容《しょうよう》として受け入れる道理はないと思っておられるはず」

常日頃、慎重この上ない康之だったがこのときばかりは思い切った言いようだった。宗信は声を押し殺して泣いている。康之はさらにこう言った。

「もしもそのとき家康公が総見公や秀吉公の意に従わなかったなら果たして今の徳川家はあったでしょうか。進むを知って退くを知らぬとは戦場での理ばかりではございませぬ。決していっときの感情で早まったことをしてはなりませぬ。ここは辛抱が何より肝要ですぞ」

康之の言葉を聞きながら宗信は涙にくれていた。忠興は康之に命を伝える役を担わせなかった。もしも康之が忠興の使いとして興秋に対していたなら興秋はこのように康之の言葉に耳を貸すことはなかっただろう。宗信が使いすることで康之は興秋の側に立ってものが言えたのだ。忠興は必ずしも宗信による説得を期待していた訳ではなかったといえよう。

## (8)

一旦は怒気を鎮めた興秋だったが、その夜は気が昂ぶり床に入ってもなかなか寝付けなかった。今になって養父興元の無念さが身に染みてよく分かる。興元は兄忠興が関ヶ原の役の功で豊前中津三十三万九千石と豊後杵築六万石併せて三十九万九千石を与えられたとき二万五千石を与えられ小倉城代となったものの一年余りで出奔してしまった。家中の者たちは戦場で生死をかけて戦い功を挙げたにもかかわらず領国に留まりさしたる功を立てることのなかった末弟孝之が同等に扱われたことへの不満があったのではないかと噂していた。しかし二人には興秋も知らぬ根深い確執があった。

かつて将軍足利義輝が松永久秀と三好三人衆の手に掛かって暗殺されたとき忠興の父幽斎（藤孝）は興福寺に幽閉されていた義輝の弟覚慶（義昭）を三淵藤英《みつぶちふじひで》らと共に助け出し伊賀国へ脱出した。そのとき二歳だった忠興は乳母に預けられ京にとり残されてしまった。これによって幼い忠興はいつ捕縛され命を絶たれるかもしれぬ苦難の生活を余儀なくされることとなった。

やがて義昭が織田信長に警護され上洛を果たし、それに幽斎が従い入京してきた。二歳の時に生き別れた両親の顔を忠興が覚えているはずもないが乳母からようやく会えると聞かされ小さな胸を躍らせた。ところが四年ぶりに再会した母麝香《じゃこう》の腕の中には乳呑児が懐かれていた。それが二歳となる弟興元だった。興元は忠興が人目を忍んで暮らしている間に生まれ、両親の元で大事に育てられていたのだ。それは幼かった忠興に測り知れないほどの衝撃を与えた。

それ以来忠興は両親と弟興元に対して複雑な思いを懐き続けてきた。成人して後、妻を娶った興元に子供ができないと見るや興秋を養子として入籍させた。このことで興元の妻いとは大きく傷つけられそれ以来興元は兄忠興に対して強い反感を抱くようになった。こうしたことの積み重ねが後に興元が出奔する原因となっていったといえる。

父忠興と養父興元の関係がどことなくぎこちなかったことは興秋も感じ取っていたが、こうした背景があることを最近まで知らずにいた。その父が詳しい理由を一切語ることなく飯河肥後宗信を通じて江戸に赴くよう文を寄こした。興秋としてはいかなる理由があるにせよこのような父のやり方にどうしても納得できない。かつては養子に出されその後本家に戻され、そして今度は弟に代わって江戸に行くよう命じられた。まるで将棋の駒のように使い回しされることに興秋は我慢がならなかった。

翌日、朝も明けきらぬうち興秋は馬を駆って小倉へと向かった。宗信は慌てて後を追った。それを知った康之も馬を馳せた。松並木が朝もやの中に浮かび上がる。野良仕事に向かう農夫の姿が見える。朝の静寂を破るように興秋は馬を駆った。巳の刻には行橋を過ぎ苅田に差し掛かった。潮の香が漂ってくる。興秋はそこから一気に城下に入った。城に入ったときは午の刻を過ぎていた。

興秋の突然の来訪に忠興は驚いたが会うことを拒むことはなかった。間もなくして康之が息を切らして到着した。中津から小倉まで悠に十二里余ある。五十半ばの康之には相当応えたようで疲労しきった表情だった。康之と共に居間に通された興秋の目は異様な光を放っていた。そこには何かのきっかけで爆発しそうな鬱積した感情が渦巻いていた。

その日は忠利も香春城から登城しており期せずして三人は顔を合わすこととなった。丹後に居た頃忠利は興秋の後に従いよく領内を馬で駆け巡った。興秋は病弱だった二つ違いの忠利を労わりながらもよく遊びにつれ出した。忠利に乗馬や剣の手ほどきをしたのも興秋だった。

床の間を背にして忠興が座り、それに面して左に忠利が控え、正面に興秋、その後ろに康之が着座した。忠興は脇息に肘を掛け泰然と座っている。

「変わりはなかったか。その後、興元から連絡はあったか」

いつもと変わらぬ父の口振りだった。

「家を捨てた以上、連絡があるはずもありませぬ」

興秋は父を見据えるようにして答えた。

「失踪した興元が西軍残党と関わらぬか心配りを怠るでないぞ」

「何で養父《ちちうえ》がそのようなことをいたしましょうか」

興秋はそう言いながら、

（父上は出奔した理由が未だお分かりにならぬのか）

という思いをかろうじて呑み込んだ。

「用心を怠るなということじゃ。もっとも去った者を今さらどうこう言っても始まらぬが」

忠興は不機嫌そうに眉根を寄せ興秋から顔を逸らした。信長から目を掛けられたほどの端正な顔が、年とともに肉が付き風格が備わるとともに、今では近寄り難いほどの威厳を漂わせる。久しぶりの親子三人の対面も、端から不穏な雲行きになってしまった。興秋としては心を鎮めるため一言二言世間話でもすべきだったのだろうが、とてもそうした心の余裕はなかった。興秋はいきなりこう切り出した。


「父上に伺いたき儀があります」

忠興は無言だった。興秋は構わず言葉を続けた。

「この度、跡継ぎが目出度くも決まったとのこと」

忠興は苦々しい顔をして何かを言いかけた。しかし興秋は被せるように言葉を繋いだ。

「其れがしに江戸へ下向するようお命じなさいましたが、どのような心掛けで江戸に向かえばよいかそこのところを伺いに参りました」

「そのようなこと分からぬそなたではなかろう。家名を辱めぬよう務めて参れ。書状にも書いたようにまずは本多正純殿と土井利勝殿へご挨拶するがよい」

「こちらから出向いてでございますか」

「無論じゃ。お二方は今や幕府の重鎮じゃ。くれぐれも粗相なきよう」

「かつて家康公と轡を並べ戦場に立った細川家が徳川家家臣の元にご機嫌伺いに行くことになろうとは。それも忠義というものなのでしょうか」

興秋の言葉に忠興の表情が強張った。それでも興秋は言葉を続けた。

「右府様が討たれた折、父上はじい様とともに元結を切り、秀吉公に忠誠を誓われました。そしてこのたびその秀吉公の忘れ形見秀頼様を封じ込めた家康殿のご機嫌をとり、家督に口をはさまれても有り難がってお受けする。忠義とはかくなるものなのでしょうか」

忠興は興秋を見据えたまま一言も発しない。興秋はなおも挑発するかのように言葉を継いだ。

「其れがしは今になって兄上の無念さがよく分かります。兄上が姉上を庇ったときも父上はそれを許されなかった。母上がご生涯なされるときに姉上に宇喜多屋敷に遁れるよう命じたのを承知していながらです。それでいてそのとき屋敷を逃れた叔母上にはおとがめがなかった。父上は幕府を憚って前田家の姫を庇う兄上を切り捨てたのです」

「興秋様！　口を慎みなされ！」

そのとき松井康之が厳しい口調で興秋の言葉を遮った。それは興秋を咎めるものでなく庇うためのものだったのだろう。頬を高潮させた興秋は康之を一瞥もすることなく言葉を続けた。

「父上のお気持ちを理解しようと努めましたが、どうしても分かりませぬ。分かったのは身を粉にして働いた末に廃嫡された兄上や、大功があったにも関わらず報われなかった養父の無念です。そしてこの度のこと……」

忠興はじっと興秋を睨み据えている。かつて興秋は父に対してこのようなことを口にするようなことはなかった。

興秋がそのようなことを言うということは養父興元も日頃からこのようなことを口にしていたかのようにも聞こえる。脇息の上に置いた忠興の右手は固く握りしめられていた。こめかみには青筋が浮き出ている。利休七哲の一人に数えられる文化人である半面、激するとたとえ相手が同等の大名であろうとも感情をむきだしにする一面がある忠興だ。今にも脇息を興秋に向かって投げつけるかのような気配だ。興秋はそれでも良いと思っていた。とはいえそのとき興秋に親子間の甘えというものがあったのは否めない。興秋には父親の前では多少の言い過ぎも許されるという思いがあった。

「それがそなたの今の世を見る目か」

「世を見る目？　世の動きはよう見ておりました。光千代が秀忠様の覚えめでたく『忠』の諱《いみな》を頂戴し『忠利』という名になったこと、そしてこのたびめでたく細川家の跡取りとなったことなど」

忠興は一段声を落して教え諭すような口調で言った。

「そなたは江戸に下向することが不本意なのであろうが、光千代は四年もの間江戸で務めを果たしてきたのじゃ。本来ならば忠隆かお主が行かねばならなかったところ代わりに質として出したのじゃ。もしも光千代がそれを不運と思い恨みを募らせ日々過していたなら、秀忠様のお目に留まることもなかったであろう」

「光千代が小姓同様に秀忠様に仕えていたのは存じております。したが先の戦において先陣を切って戦ってきたのは兄上やそれがしだったのは父上もよもやお忘れではありますまい」

前哨戦となった岐阜城攻略に始まる関ヶ原の役における忠隆、興秋の働きは未だに語り草となっている。石田軍の人質になることを拒んで死んでいった母のため人知れず涙していた父を戦場での働きによって励まそうとしていた兄弟《ふたり》だった。忠興も決して二人の息子の気持ちを忘れたわけではないはずだという思いが興秋にはある。

居間の中は不穏な沈黙に包まれた。癪の強い忠興がこれほど沈黙を保つのも珍しいことだった。どれほどのときが流れただろう。ようやく忠興が口を開いた。その表情は一転して穏やかだった。

「興秋よ、申すことはそれだけか」

その言葉には不思議な響きがあった。興秋はハッとしたが、気を奮い立たせこう言った。

「これ以上は申しますまい、これが今のわたしの正直な気持ちです」

「正直な気持ちか……よい……下がってよい」

興秋は一瞬呆気にとられたような表情になった。今まで言ったことに対して父の手厳しい叱責があると身構えていたからだ。ところがそのような言葉は一言もなかった。それどころか父の口調はいたって穏やかだった。興秋の言葉に怒りを覚えたものの、あたかも一理あると考え直したともとれる口振りだ。

興秋は下るように言われた以上そのまま留まるわけにもいかず腰をあげた。興秋は怒りを現さない父に却って戸惑いを感じた。父から叱責されれば言い分が受け入れられたか否かは別にしても少なくとも胸の内は伝わったといえる。しかし不気味なほど静かな口調は思いも寄らぬものだった。廊下に出る際、興秋はもう一度父の方に目を向けた。忠興の視線の先は遥か彼方の山の端を見ているかのようで二人の視線が交わることはなかった。

居間に残った忠興、忠利、松井康之の三人は、誰一人口をきく者はいなかった。そこには三人三様の思いがあった。父子の気持ちはついに交わることはなかった。興秋の最初の一言で話の流れが決まったといえる。母玉のことを口にしたことで忠興の心の傷口に直接触れる結果となった。それは肉親だからこそ知りうることであり、だからこそ口に出してはならないことでもあった。

忠利はこの日初めて興秋が自分の代わりに江戸に赴くことで話が進んでいたことを知った。父の病が快方に向かったことから江戸に戻ろうとしたところ、今しばらく豊前に留まってよいとの許しが出た。そこで江戸に戻る前にと思い領内を巡回していたのだがその間、父忠興は忠利に代えて興秋を証人として江戸に赴かせる話を進めていたのだ。忠利自身は細川家の後継ぎについては必ずしも決定したわけではないと考えている。家康と秀忠の内書にはいずれも『忠興の内存に任せ忠利に家を継ぐことを許す』と書かれてあったが、父忠興の本心がそうであるとはどうしても考えられないからだ。

（父上には必ずお考えがあるはず）

忠利はこう考えていた。ところが父は兄興秋を自分の代わりとして江戸に向かわせようとしていた。

これに対して興秋が怒るのは当然と言えよう。とはいえ感情に任せて怒りをぶつけることはたとえ親子の間でも避けなければならない。父忠興の感情の激しいことは誰もが知るところだが、それによって周囲への目配りを疎かにするようなことは決してない。十五歳にして人質として江戸に出て常に緊張を強いられる日々を送ってきた忠利もまた常に周囲への目配りを怠らぬようしてきたことから、いつしか心の内をさらけ出すことを控えるようになっていた。

一方、二人の兄は秀吉の小姓として仕えたことで目を掛けられ、忠隆は秀吉の斡旋により前田家の姫千世と結ばれた。次兄興秋も秀吉の口利きで氏家直元（卜全）の娘と婚約のところまで話が進んでいた。ところが秀吉の死によって実現されぬまま、関ヶ原の役で卜全が西軍に付いたことで破談同然となっている。とはいえこうしたことからも二人の兄は未だに秀吉に対して恩義を感じているようにも思える。それが知らず知らずのうちに表に出ることを父忠興は危ぶんでいるのかもしれない。用心深い家康はそうしたわずかな兆候でも見逃さないからだ。その懸念を払しょくするために父はあえて興秋を証人として江戸に赴かせようとしたのかもしれないのだ。

忠利が江戸に人質として送られたのも元はといえば前田利長に謀反の噂が立った時、細川家も加担しているのではという疑いを掛けられたことによるものだ。このことは先にも触れたがそのときは家老の松井康之が家康の元に弁明に出向き疑いを晴らしたことで事なきを得たのだが、それだけでは不足と考えた忠興は家康の元に十五歳の忠利を人質として送った。当時家康は豊臣家の家老の立場で他のどの大名も家康の元に人質を送ることなどなかったのだが忠興はためらうことなくそれをやってのけた。そのときすでに忠興はこれから必ず徳川の時代が来るということを予見し、豊臣家との関係を清算しようとしていたといえる。忠興が忠利を人質に出したことは家康にとって思いもよらない忠義と映ったのかすぐさま細川家は豊後杵築六万石の加増を受けた。

父忠興の為すことには必ず政治的意味合いが含まれている。その意味合いを理解しないまま感情をぶつけることはたとえ親子であろうと控えるべきだと忠利は思った。忠興の怒りの中には誰にも理解を得られない苛立ちと虚しさが籠められているようにも思える。それ故彼の意向に従わない者は例え身内といえども、いや身内だからこそ許せない気持ちが強くなるのだろうと思った。

# 四　興秋出奔

## （1）

　興秋が中津に戻った翌日、後を追うようにして康之と宗信が帰ってきた。康之は興秋の胸中を察してか前日のことを咎めることはなかった。そのときは興秋も冷静さを取り戻していたが、かといって弟忠利の代わりに江戸に向かうことについて納得しているわけではなかった。

「幕府から内書が出されお館様が拝受したからにはこれを覆すことはできませぬ。江戸に行かれるのはあくまで一時的なことでございます。忠利様は律儀なお方故、興秋様が豊前に戻られたなら決してないがしろにするようなことはなさらないでしょう」

「その間このわしに忍従の日々を過ごせというのか。帰ってきたところでそのときはお主がこの世に居るとは限らぬではないか」

「それを忍従と捉えるか己を磨く石とするかは興秋様次第でございます。目先のことにとらわれてはなりませぬ。吉凶はあざなえる縄のごとしと申します。今の江戸には全国の大名屋敷が構えられております。ここで様々な方と交流を持ち見聞を広めれば必ずや興秋様にとって後々の糧となることでしょう。興秋様のお怒りはこの佐渡も十分承知しております。したがここでお父上のお言葉に逆らい兄弟が仲たがいするようなことになれば細川家の力を大きく削ぐことになりましょう。これを喜ぶのは誰かお考えになるべきです」

幕府は何かと外様大名を押さえつけようとしている。ここで康之の言うように細川家中でもめ事が起きれば幕府からの干渉を受けることになる。興秋は多くの家臣の運命を背負っている。幕府に対してもそれに迎合する父忠興にも不満はあるが、不満を露わにすればそれら家臣を巻き込むことになる。その愚だけは避けなければならない。興秋は長い沈黙の後ようやく口を開いた。

「江戸に行くしかないということか」

「いっときのことでございます」

(はたしてそうか……)

興秋はこう思ったが康之はそのことに確信を持っているかのようだった。

「……やむを得まい。そなたの申すことに従おう」

「それでこそ若君」

康之はようやく安堵の色を浮かべた。

「老婆心ながらもう一言だけ申し上げておかねばなりませぬ。どうか辛抱してお聞きになってくだされ」

「まだあるのか」

「はい、江戸に行かれましたらくれぐれも覇気を表に出されませぬよう」

「それはどういうことじゃ」

「事に敏にして、言を慎むことにございます。前田家をご覧くだされ。決して城郭を大きくしようとはなさいませぬ。これらすべては幕府に対して異心なきことを示すため。黒田長政殿も関ヶ原の役において抜群の功を立てましたが今ではそのことについて一切口にすることはございませせぬ。何事においても才気を表に出すことを控え昔の功を誇らぬことこそ身を守る策とお考えくだされ」

「わしにうつけの真似でもしろと申すのかのようじゃの」

「そのくらいのお気持ちが肝要です。興秋様はお父上のみならず将軍家も認める器量人といえます。したがその才気を表に出すようなことをすればいたずらに幕府に対して警戒心を抱かせることとあいなります。才気を内に秘め決して表に出すことなく育てていくことこそ肝要ですぞ。興秋様は一騎駆けの武者ではございませぬ。慎みと堪忍の心をくれぐれもお忘れになりませぬよう」

康之が才を隠すようにと言った裏には家康が求める人物像を表しているともいえる。関ヶ原の役で秀忠の感状を受けたことを誇りに思っていた興秋だったが康之はそれを忘れろと言っているのだろう。数年前までは武将は互いの武功を誇り更に大きな功を立てようと競い合ったものだ。

「何ともつまらぬ世になったものじゃ。これも三河の田舎者どもが牛耳る世になったからかもしれぬ。将軍家が光を跡継ぎとしたがるのは秀忠様を思ってのことであろう。もうよい。では狂言を演じに江戸に向かうとするか」

興秋は自嘲気味に言い放った。

関ヶ原の役は石田三成が大老の家康を倒すために起こした戦だった。それだけであれば例えこの戦に家康が勝利したところで豊臣家での立場は変わらなかったはずだ。しかし三成が秀頼から家康討伐命令を受けたことで戦後における秀頼と家康の関係はまったく別のものとなった。家康討伐の命を下した秀頼の処遇は家康の手の内に握られることとなったのだ。しかし家康は勝利を誇ることはなかった。

ここで秀頼を屠ろうとすれば豊臣恩顧の大名たちが黙ってはいないことを十分承知していたからだ。彼らが家康に味方したのはあくまでも権力が三成に握られることを嫌ってのことだ。家康は彼らの三成への反感を利用する一方で、彼らもまた家康の力を利用したといえる。家康は、秀頼においては三成にたぶらかされただけとして不問に伏し大坂城に留まることを黙認する寛大さを示した。しかしその一方で秀頼の領国を摂津、河内、和泉のみの六十余万石と大幅に縮小したうえ金銀を掘り出す鉱山や堺、博多の港など天領の実権を徐々に取り上げてきた。関ヶ原の役の前までは三成憎しの思いで家康に力を貸した諸大名も、ここまで家康の力が大きくなるとは思っていなかったはずだ。ところがいまや徳川家の意向に少しでも逆らえば御家存続が図れない世となった。

興秋は忠興の命に従い参府する旨の誓詞を書くとそれを康之に預け正月前に江戸へ発った。供は飯河肥後宗信、窪田五郎、栗津彦右衛門他中間を含め十名だった。船で大坂へ向かった後、淀川に沿って京に向かい建仁寺の塔頭十如院へ入った。あとは陸路で江戸に向かうことになる。

誰もが興秋はそのまま江戸に向かうものと思った。ところが十如院で一夜を過ごした興秋は体調がすぐれないと言ってその日の出立を見合わせた。しかし翌日になっても体調は戻らず再び出立を延期した。こうして二日、三日とズルズルと日が過ぎていった。一度は江戸に行く覚悟を決めたはずの興秋だったが、そのとき心が大きく揺れていたのだ。一方、宗信はさすがにこれ以上出立を遅らすことは不都合が生じると考え興秋に進言した。

「興秋様、このような所で何日も留まっていれば不信を買うこととあいなります。例え僅かでも江戸に歩を進めねばなりませぬ。もしも躰のお具合がすぐれないのであればひとまず大垣あたりまで行きそこで宿をとるようにすれば如何でしょう」

「不信を買うとは父上からか、それとも幕府か」

興秋の問いに宗信は困惑の色を見せた。そう言った後、興秋は自分の言葉に空しさを感じた。ここで宗信を困らせても何にもならない。

「分かっておる。明日には必ず出立いたそう」

そう言って宗信を下らせた。

（2）

夜も更けていったが興秋は床に就こうとはしなかった。というより眠りにつけなかったのだ。弟の忠利が世継ぎとなることも自分が弟の代わりに証人となることについても一度は康之の説得に応じたはずの興秋だったが、新たな思いが湧いていた。それは人質生活を終え豊後に戻ったときのことだ。

（そのときはわしが光千代に家臣として頭を下げなければならぬときなのだ）

そう思うとみぞおちが突きあげられるような痛みが走る。

（光千代に代わって兄のわしが江戸に行くということは恥を曝しに行くようなもの。にも拘らずそれを承知で父上は命じられた。かつて父上は豊臣家の勢いが盛んなときには兄上とわしを太閤の小姓に出し誼を通じようとし、太閤が倒れ徳川の力が増すとすかさず光千代を人質に出した。そして将軍家の覚えがめでたいと分かるや今度は光千代を跡継ぎとし、わしを証人として江戸に送ろうとする。父上は光千代が世継ぎとなればわしが邪魔になると思い今のうちから取り除こうとしているのではないか。とすれば言われるがままに江戸に行ったところで二度と陽の目を見ることはないだろう。佐渡（松井康之）は今は辛抱するときと言っていたが、辛抱とはいつかは報われるという望みがあるからこそできるのだ。報われることのない辛抱は敗者の言い訳にすぎぬ）

そう思うと今まで懐いていた不満はいつしか怒りへと変わっていく。その怒りを一体何にぶつければよいのか。それが家康なのか、それとも父忠興なのか。はっきりしていることは言われるがままに江戸へ行けば自ら袋小路に入り込むに等しいということだ。興秋はとっさに脇差を手にした。そして鞘を払いおもむろに左手で髷を掴んだ。

翌朝、部屋の外から宗信の声がした。

「入れ」

興秋が返事をすると襖が開き旅支度をした宗信が顔を出した。興秋を見た宗信は思わず「あっ」と声をあげた。そこに頭を丸め法体《ほったい》姿の興秋がいたからだ。宗信は驚きのあまり言葉を失った。放心状態にあった宗信はようやく我に返り興秋の元に駆け寄り袖口を掴んで叫んだ。

「興秋様、これは一体如何なることで」

「訳を話す故、皆を呼べ」

興秋は静かな声で宗信に命じた。

法体になるということは武士を捨て出家することだ。武士にとって命を絶つに等しい決断といえる。宗信は悄然たる様で供の者たちを集めた。居間に入ってきた家臣たちは一様に驚きの色を隠せずにいた。興秋は静かに語った。

「皆の者今までようこのわしに仕えてくれた。改めて礼を言う。わしは今日より世を捨て出家の身となる。そなたらには妻もあり子もいよう。豊前に返り今まで通り父上の元で忠勤に励んでもらいたい」

淡々と話す興秋に誰もが茫然とし声も出なかった。興秋が話し終えるや否や次々と供を願い出る者が出た。しかし興秋はそれを許さなかった。これから歩むであろう光の見えない旅に同行させるには忍びなかったのだ。

「宗信にはことのほか苦労を掛けた。これは偏にわしの身勝手からきたもの。父上は無理を押してわしの供をそなたに命じた故、お咎めにはならぬであろう」

興秋はこう言って宗信の労をねぎらった。すると窪田五郎と栗津彦右衛門がやおら脇差を抜きその場で元結衣を切り落し興秋の前に差し出した。

「これで国元には帰れなくなりました。どうかお供をお許しくだされ」

興秋は激しく二人を叱りつけ他の者がこれに倣うことを厳しく禁じた。しかし髷を切った以上国元に帰すわけにもいかない。やむなく興秋は二人の供を許した。また宗信の計らいで二人の中間がそのまま同行することとなった。


飯河肥後宗信から興秋の失踪を聞いた忠興の怒りは尋常ではなかった。

「おのれ興秋、すね者にもほどがある。これは単なる出奔では済まぬ。幕府に対する叛逆じゃ。何故興秋をその場で切り捨てなかったのか」

忠興は宗信を叱責しその場で蟄居を命じた。興秋説得の役目を果たせたなら三代に渡ってその功は忘れないと言っていた忠興だったが、不首尾に終わった宗信に対して厳しい処分を下した。忠興は直ちに屈強の者二十名余りを京に送ろうとしたが、忠利がこれを諫止した。

「父上、建仁寺は京都五山に列せられ、朝廷も参詣される由緒ある寺。そこでもしも刃傷沙汰が起きるようなことにでもなればただでは済みません」

「たわけ！　興秋がそれを見込んで留まっていたのが分からぬか。その小賢しさが許せぬ。追っ手が向かったと聞けば慌てて寺から逃げ出そう。そこを捕らえるのじゃ。それにしても興秋め、世の中が見えておらぬ。世をいかに治めるかに腐心なさる将軍家のお心を未だ分からずにいる。新しい世づくりをしていく中、多少思うようにならぬことがあるからといって勝手な振る舞いをするは、領国を治める者にとってあるまじき行為。これを許しては家中の者に示しがつかぬ。このような者が一国をまとめていくことなど到底望めぬわ」

「いえ、むしろそのぐらいの気概がなくては一国をまとめていくことなどできますまい」

「なに！」

血走った目で忠興は忠利を睨みつけた。

「そなたは興秋を庇う気か」

「庇っているのではありません。これは父上のお心を慮ってのことでございます」

「わしを慮ってのことだと、小賢しい！」

「もしも兄上が父上に言われるがままに江戸に向かったのなら、誰よりも失望なされたのは父上だったのではないでしょうか」

「たわけたことを申すな、誰がそのようなことを思うか」

「いいえ、父上はきっとそんな兄を気概のない奴と思われ、内心では嘆かれたはず。家康公は細川家の跡取りを父上の内存に任せたと申されましたが、証人として兄上を求めたわけではありません。それでも父上は兄上を送ろうとなされた」

「そなたに代わる証人であれば兄弟の興秋しかおるまい」

「いえ、細川一門の者であれば将軍家は承知したのではないでしょうか。それでも父上は兄上に証人として江戸に向かうよう仰せになりました。ならばその理由を説くべきだったのではないでしょうか」

「命を下すのにいちいちその理由を言い聞かせる者が何処にいる、命の意味を推し測りそれを成し遂げるのが仕える者の務めであろう」

「それが当てはまらない場合も時としてあるのでは。したが今は兄上を咎めることより幕府に申し出て代わりの証人を差し向けることが肝要かと存じます」

「興秋を咎めずして事が納まるとでもいうのか。たわけたことを申すな」

「追っ手を出すことはやむを得ないでしょう。しかしながら決して兄上たちを捕らえるべきではありません」

忠興は苦虫をつぶしたような表情で忠利を睨みつけた。しかし忠利はひるむことはなかった。ここは何としてでも兄興秋の盾とならなくてはと思ったのだ。忠興はフッと目を逸らしそれ以上のことは口にしなかった。

嫡男忠隆の廃嫡にはじまり実弟興元に続き興秋までも出奔した。この立て続けての身内の不祥事に家中に動揺が走った。見方によっては幕府に対し忠興の統治能力に疑問を抱かせることにもなる。一度幕府の干渉を許すと、痛くもない腹まで探られかねない。家康は細川家が前田家と絶縁したことを忠義の表れと見て前にも増して信頼を寄せるようになったとはいえ、不都合なことが生じれば私情を捨て国のことを何よりも優先する人物だ。そうしたことからも断じて隙を見せてはならない。

忠興の追っ手が京に着いた時すでに興秋は十如院を立ち去っており、その後の足取りはぷっつりと絶えてしまった。忠興は興秋を狂気による失踪として幕府に届け出、申し訳の使者として逸見治左衛門を江戸に向かわせた。興秋を江戸に送り届けるという役目を果たせなかった宗信は切腹を願い出たが忠興はそれを許さず、父飯河豊前宗祐も同罪として閉門を命じた。そのことがやがて宗信、豊前親子に悲劇をもたらすことになる。

## (3)

十如院を出た興秋は京を離れ、和歌山藩主浅野幸長の所領九度山《くどやま》へと向かった。そこは真田昌幸、信繁親子の流刑の地である。関ヶ原の戦いで敗れた真田親子は長男信之やその舅本多忠勝の嘆願により罪一等を減じられ高野山の麓に位置する九度山に蟄居させられていた。

幸長は豊臣政権下で五奉行の筆頭であった浅野長政の嫡男だ。今は隠居の身の長政はかねてより真田昌幸とは懇意にしており、その兵学に一目置いていた。昌幸の兵学には長政ばかりでなく直江兼続、石田三成、大谷吉継も心酔しており三成は媒酌人となって吉継の娘を信繁に嫁がせている。幸長は信之と親しい間柄にあることから父昌幸の隠棲する九度山の監視はさほど厳しいものではなく、そこには西軍の落人が密かに訪れているという噂もあった。

九度山は高野山の北側、紀ノ川に架かる大橋を渡り南に向かって緩い勾配を登っていく途中にある。真田家は信州の大名だっただけに蟄居の身とはいえ館は人目をはばからぬ門構えだった。屋敷は八棟《やつむね》造りという幾重にも重なる屋根をもつ母屋が目を引く。興秋は屋敷周辺を一回りし地形と家の造りを確認した後、門をくぐり名前を告げ案内を請うた。しばらくすると若者が玄関口に姿を現した。

「長岡興秋と申す。真田昌幸殿を訪ねて参った。お取り次ぎ願いたい」

興秋はこのとき『細川』の名を捨て『長岡』姓を名乗った。

「失礼ながらご用件を承りたい」

「豊前細川家を訳あって出奔いたし、かねてより名声を耳にしていた真田殿にお会いいたしたく参ったとお伝えくだされ」

若者は自分とさして変わらない二十代前半の若者が供を引き連れ主人へ面会を申し込んできたことを怪しむような目つきをしていたが、

「しばらくお待ちくだされ」

こう言って奥に入っていった。


しばらくして姿を現したのは年の頃にして四十過ぎの穏やかな表情の細身の男だった。

「長岡興秋殿と言われましたな。拙者信繁と申す。父昌幸はただ今来客中で失礼申し上げるとのこと」

「これはご子息の信繁殿でしたか」

自分の名を知る興秋に対して信繁はさしたる関心も示すこともなかった。

「してご用件は」

興秋は信繁のそっけない対応に意外な思いがした。『長岡』姓と名乗ったとはいえ細川家を出奔した興秋といえば真田家の者が知らぬはずもなく少なくとも居間に通されると思っていたからだ。

「拙者、江戸に向かうよう命ぜられましたが今の徳川幕府に心寄せることができず出奔いたした次第」

「なるほど、それで出家して高野山に入られるおつもりですか」

「いや、身の振り方は未だ考えてはいませんが、以前から真田殿に一目お会いしたいと思っていたのでこうして参った次第」

「さてさて、我らは先の戦に敗れ一命を助けられ、今ではただひたすら謹慎する身。父昌幸も世を憚り世間との交わりを絶っております」

信繁は婉曲に昌幸への取り次ぎを避けようとしている。しかし信繁の口調に不思議と冷たさは感じられない。切れ長で涼やかな目をしている。口元に蓄えた髭がこれほど似合う者もいないと思えるほど顔に馴染んでいる。多くの武将が相手に侮られぬよう、または威嚇するために髭を蓄えるのだが、信繁のそれは何処か慎みさえ感じさせる。

昌幸親子は信濃路から大坂に向かおうとしていた秀忠の軍勢を上田城で阻み、九月十五日の関ヶ原の決戦に遅参させた。これによって秀忠は家康から一時面会も許されないほどの怒りを買ったことで面目を失い、未だに昌幸に対して深い恨みを懐いていると聞く。家康は徳川方に付いた昌幸長男信之と舅の本多忠勝の嘆願によりしぶしぶ罪一等を減じ昌幸親子を九度山配流としたものの、秀忠の怨みが減じたわけではない。従って将来、秀忠に代替わりしたところで恩赦が出るとは考えられない。それを計算に入れない昌幸であるはずもない。とすれば反徳川勢との接点を密かに保ち再起を期しているはずと興秋は思ったのだ。ところが信繁からはそうした気配は微塵も感じられない。

（徳川幕府に不満を抱くものとして真田家を訪れれば心を許し受け入れてくれると思っていたのはわしの単なる独りよがりだったのか。それとも浅野からの監視の目を警戒してのことか。いずれにしても関ヶ原の戦いにおいて敵味方に分かれていた者がいきなり訪れたところで本音を漏らすようなことはないだろう）

こう思った興秋はそれ以上昌幸との対面を求めなかった。

「なるほど豊家のご恩を受けた真田殿であれば心相通じることもあろうと参った拙者の思い違いであった」

「さ湯もお出ししない御無礼をお許し願いたい」

こう言う信繁に興秋は一礼すると踵を返した。

玄関を出るとき後ろから信繁が声を掛けた。

「興秋殿と申されましたな」

興秋は無言のまま振り返った。

「今後再びお会いすることもあるやもしれぬ。そのときまでどうかご健勝で」

その言葉には不思議な響きがあった。興秋はいわば門前払いされた形となったが不思議と腹は立たなかった。


興秋は大橋に戻り大坂へ向かいながら考えた。

（もしもわしが細川家を出奔した身でなければこのような扱いを受けただろうか。少なくとも門前払いのような扱いはされなかったであろう）

こう思いながら興秋は自嘲気味にこう思った。

（このようなことをひがみというのかもしれぬ。出奔した身であれば今更家名を名乗ることもない。他家の世継ぎにまで口出しする将軍家や、その将軍家の言いなりになることを恥とも思わぬ父上に愛想をつかして出奔したのだ。真田が豊臣家のために立たぬとあらばこのわしが今の世に不満を抱く者を糾合し、いつかきっと徳川政権に一矢報いてくれよう。いずれにしても

徳川政権が続く限りわしの居場所はないのだ）
　こう思いながら山を下った。

　それまでの領主は一族にも領国を分け与え統治をそれぞれに任せていたのだが、徳川幕府が確立し国が平定されたことで忠興は領国内すべてを家臣化した。それは幕府への対応を誤らないよう領主に権限を集中させるためのものといえる。しかしその考えはともすると一門にとって『一将功成って万骨枯る』そのものに映った。

「兄上（忠興）は内府の顔色ばかり見て藩内の者をないがしろにしている」とは養父だった興元が度々漏らしていた言葉だが、いつしか興秋も同じ思いを抱くようになっていたのだ。

　興秋には父忠興が意に染まぬ一門や家臣を排斥していくことは、今後も止むことなく続くように思える。

（このようなことが続けば細川家は弱体化していくことだろう。『一門払い』による藩主の専制化こそ幕府の狙いなのだ。幕府は藩内で異論を唱える者たちの芽を藩主自らの手で摘ませ、幕府に従順な藩に変えていこうとしているのだ）

　興秋はこう考えた。

細川家を捨てた興秋には頼るべき処はどこにもなかった。父の扱いに堪え切れず怒りにまかせて出奔したものの、怒りが冷めて冷静になったとき改めて今後の身の振り方を考えなければならない現実に直面した。徳川幕府を決して快く思っていないはずの真田昌幸に会うことはできなかった。代わりに応対した信繁は蟄居の解ける日をひたすら待つ身だと言っていたがはじめて会う者に本音を漏らすはずもない。信繁に体よくあしらわれた形の興秋は改めて行くあても無い流浪の身であることを思い知らされた。思案にくれながら山道を歩いていると彦右衛門が尋ねた。

「興秋様、これから何処へ向かわれますか」

そう言われても興秋には何処というあてもない。答えに窮する興秋に対して彦右衛門は言葉を継いだ。

「筑前黒田様を頼ってみては如何でしょう」

「黒田家か」

興秋は力なく呟いた。

「長政様は殿（興元）を受け入れ大坂に向かう折には船を手配してくださいました」

「それは養父への好意というより、細川家の分裂を図るためであったはずじゃ」

「それ故、逆にそのことを利用するのです。細川家を出奔した興秋様が黒田家を頼っていったとなれば無下に拒むこともございますまい」

「しかしわしが行ったところで長政殿は迷惑に思うだけであろう」

「おそらく今の黒田家は徳川家を憚って興秋様の来訪を公にはいたしますまい。しかしながら筑前秋月には黒田直之殿がおられます。直之殿はキリシタンに寛大との噂もあることから必ずや興秋様のお気持ちを汲み取ってくださることでしょう」

興秋は母玉の影響でキリシタンの洗礼を受けていたので筑前に直之のような者がいることは心強いことだった。

彦右衛門の言葉に従って興秋は黒田直之を頼って筑前秋月へ向かった。直之は黒田如水の異母弟に当たる。直之は興秋を快く迎え入れた。秋月には関ケ原の役で敗れ流れ着いた者たちが少なからずいる。その中には宇喜多秀家の旧臣明石掃部もいた。ほどなくして興秋の元に飯河宗信から密かに金子が届けられた。宗信は興秋に江戸へ行かせる説得役を担ったが、その役目を果たせなかった咎で父飯河豊前ともども閉門となっていた。それでも宗信は危険を侵し興秋の元に金子を送ってきたのだ。

## (4)

その頃、江戸は異様な緊張に包まれていった。家康が新春早々上洛に向け江戸を発ち十九日には伏見城に入った。前回の上洛は慶長八年（一六〇三）二月のことで、家康は秀頼に年賀を述べた後、従一位右大臣となり征夷大将軍に就いている。上洛はそれ以来のことで、齢すでに六十三となった家康が動くとなればよくよくのことと考えるべきだ。ある者は太閤の約束を守るため秀頼に将軍職を譲り渡し、秀忠とともに補佐していくだろうと言い、ある者は家康が隠退し秀忠に将軍職を引き継ぐのではとも言った。

秀忠もまた二月二十四日江戸を出発し三月二十一日に家康の待つ伏見城に到着した。そのとき率いた軍勢が十六万、その列に忠利も加わった。秀忠の軍勢を目の当たりにした民衆は、万が一にも秀頼への政権交代はないと思い知らされたに違いない。

かくして四月十六日に秀忠に征夷大将軍の宣下があり家康は退位した。関ヶ原の役から四年半、征夷大将軍となって僅か二年後に家康が隠居の身になるとは誰が予想しただろう。しかし、そのことはとりもなおさず豊臣政権復権の夢が遠のいたことを意味した。

秀忠に随行した忠利は再び江戸の生活が始った。忠利は今や従四位下に叙せられ細川家の跡取りとして遇されるようになった。その忠利が江戸に帰って驚いたのは柳生宗矩が隠然たる力をつけてきていることだった。上洛の際には家康に随行し秀忠が将軍職に就くと側近として仕えるようになった。発言を控え決して目立つような動きはしないのだが、重臣の集る場には常に将軍の警護役として末席にその姿が見られた。これは同じ兵法指南役の小野忠明にはありえないことで、単なる兵法指南役でないことは誰の目からも明らかだった。

宗矩は将軍家から下賜された道三河岸の屋敷の一隅に稽古場を設け、旗本や大名の子弟に門戸を開いていた。忠利も宗矩に誓紙を出し門人となって本格的に新陰流を学ぶことになった。

忠利はかつて父忠興からこんなことを聞かされた。忠興が利休七哲のひとりだったことで家康から秀忠に茶道の教授をするよう頼まれたときのことだ。忠興は未熟を理由に辞退したが、家康は秀忠を茶人にするわけではなく、武士の嗜みとして茶道を学ばせるのだと言った。その父忠興が茶人になるために茶道を学ぶのではないように、忠利もまた兵法家になるために新陰流を学ぶのではなく、武士の心得として学ぼうと心掛けていた。しかしながらそこには兵法の理を究めたいという秘めたる思いもあった。

もともと忠利は幼い頃、母玉が無事に育つか心配したほど躰が弱かった。祖父幽斎は歌の道だけでなく兵法においても、塚原卜伝から『一の太刀』を伝授され、父忠興も若い頃から戦場を駆け巡り武勇を誇った。忠利は背丈、骨格などで父や祖父に見劣りする。だからこそ柳生宗矩の教えを忠実に守り、形を繰り返し稽古した。

宗矩は忠利にはいつまで経っても立ち合い稽古を許さなかった。しかし不思議なことに形の稽古を続けているうちに腰の座りが良くなり、自分でも気付かぬうちに日常の立ち居振舞いに無駄がなくなってきた。それは細い糸を縒っていくうちに紐となり、ついには太い綱となっていくような手応えに似ていた。

最近になってようやく忠利は宗矩から高弟との立ち合いを許されるようになった。高弟とは木村助九郎、出淵平兵衛、村田与三らだが、勿論歯の立つ相手ではない。忠利が懸命に掛かっていっても難なく捌かれてしまう。しかしはじめは躰が竦んで思うように動けなかったが、次第に形を打つときのように躰が動くようになってきた。かといってまだまだ打ち込めるには程遠い。

しかし木村らも心得たもので忠利が理に適った打ち込みをしたときにはあえてその打ちを躱さずに相打ちとした。とくに村田与三は忠利の打ち込みをうまく引出すような稽古をした。とはいえ無理な打ち込みをしたときには撓を叩き落とされることが常だった。それが宗矩の教えでもあったのだ。

黒田家の世話になって一年半ほど過ぎた慶長十一年（一六〇六）八月、興秋の元に思いも寄らぬ知らせが入ってきた。七月末飯河宗信とその父飯河豊前に忠興から誅伐の命が下され、宗信は妻と共に自害し、豊前は激しい抵抗の末、討死したというのだ。宗信の元には検使役として益田蔵人が、豊前の元には逸見治左衛門が遣わされた。治左衛門は興秋が出奔した折、申し訳の使者として江戸に遣わされた者だ。その治左衛門の帰国と併せるかのように宗信と豊前に討伐の命が下ったことになる。父忠興にどのような思惑があったのか。またそこに幕府の意向が働いていたのか国元を遠く離れた興秋には見当がつかなかった。宗信、豊前親子の誅伐に留まらず、その後多くの者が粛正された。粛正は興秋が江戸に証人として行ったところで避け得なかったことかもしれない。ということはたとえ興秋が江戸での勤めを果たし帰ったところで彼の居場所は無かったことになる。

慶長十四年（一六〇九）三月、秋月城主黒田直之が養生先の大阪で病没し家督は子の長基に継がれた。宗信からの送金が途絶えていた興秋はこれを機に筑前を離れる決心をした。他家に仕えることなど思いも寄らない興秋は京へ向かった。そこには祖父幽斎がいる。京に屋敷を構える幽斎は今では朝廷と交わり歌会や茶会などを開き世間から隔絶したような生活をしている。幽斎は何事もなかったように彼を受け入れた。幽斎の元には長兄忠隆も身を寄せ妻の千世と四人の娘と共に暮らしていた。千世が石田三成の手勢から守り抜いた長男熊千代は不運にも四歳で夭折していた。忠隆は今では祖父に倣い歌を詠み茶を点て武家の世に背を向けた生活をしている。興秋にとって兄の変わり様は大きな驚きだった。

四月には忠利が信濃の名族小笠原秀政の四女千代姫と婚礼を挙げた。小笠原家は甲斐源氏の加賀美長清が甲斐国巨摩《こま》郡小笠原村に拠ったことから始まる。源頼朝が信濃国支配のために源氏一門の御家人を送り込んだのだ。その家系の宗家にあたる千代の父秀政は家康の長子故信康の娘を正室に迎えたことで徳川譜代衆に列せられた。千代は将軍秀忠の養女となって嫁いできたことから、徳川家との結びは強固なものとなった。玉（ガラシア）付きの家老として殉死した小笠原少斎は同じ小笠原一門で京都小笠原家の家系にあたることから細川家とは因縁浅からぬものがある。千代は豊後小田村千石の化粧料を持参し嫁いできた。義父となる忠興からも破格の五千石の化粧料が贈られた。まさに誰もがうらやむ婚礼といえる。こうして国元では新しい体制が着々と整いつつあった。

## (5)

京で暮らすようになった興秋の元にいつからか築山兵庫という淀の商人が顔を出すように

なった。兵庫の父は幽斎が勝龍寺城城主だった頃から細川家に出入りしておりその後、兵庫の代になって今に至る。商いだけでなく武具師の顔も持つ兵庫は興秋に何かと便宜を図るようになった。そこには幽斎の意向が働いていたといえよう。

慶長十五年（一六一〇）春、興秋は幽斎の勧めで妻を娶った。相手は氏家宗入の娘福でかつての許婚だった。宗入の父卜全は斎藤道三に仕え西美濃三人衆の一人として名を馳せた人物だった。卜全には三人の息子がおり長男直昌は斎藤竜興を討ち取った豪の者だが四十にして病死した。二男行広は伊勢国桑名二万二千石の領主だが偏屈で頑固者として知られている。彼は慶長五年の会津征伐の折に東下していたところ三成挙兵を耳にした。幼少の秀頼が家康討伐の命を下すはずもないと考えたが、命が下された以上家康の側につくわけにはいかないと桑名へ引き返した。かといって積極的に大坂方に加担したわけでもない。日頃から三成を快く思っていなかったからだ。当時行継と名乗っていた宗入も兄行広と行動を共にして桑名城に籠った。しかしこのような場合、どちらにつくか旗色を鮮明にしないと結果的に両方を敵に回すことになる。東西の要所伊勢路にある城を三成方が放っておくはずもない。ほどなくして西軍に攻め込まれた行広・宗入兄弟は心ならずも西軍の傘下に入ったが西軍の敗北により改易となり興秋と福の婚姻も必然的に解消となった。その後、幽斎のとりなしで浪人していた宗入は忠興に拾われるかたちで細川家臣団に入った。その後出奔していた興秋が幽斎の元に戻ってきたことで福との縁が復活した。出奔したときには刺客を放つほど怒った忠興だったが宗入の娘と興秋との婚姻については何故か何の苦情も差し挟むことはなかった。

幽斎は家督を忠興に譲って以降、政務に口を挟むことは一切なかった。忠興が長男忠隆を廃嫡したときも、弟興元を出奔に追い込んだ時も批判めいたことを口にすることはなかった。さらにその後、興秋が出奔したことで忠興のやり方に不満を露わにする家臣が次々と出た時も幽斎は京で静観していた。その一方で廃嫡された忠隆を隠居領の北野屋敷に住まわせたり、京に戻ってきた興秋には生活が成り立つよう陰で支えた。また興元については何かと忠興との関係を修復するよう図ってきた。興元に対してはことさら頑なな態度を崩さない忠興だったが幽斎は一計を講じ駿河の家康の元で二人を会わせる機会をつくり、家康の斡旋の元で和解させるに至った。家康の仲立ちともなれば忠興もそれ以上我を張り通すわけにもいかない。これを機に興元は秀忠に仕えることとなった。興秋が秋月黒田家にいた頃のことだ。このようにして幽斎はともするとバラバラになりかねない細川一族を繋ぎとめる役割を陰で果たしてきた。

かつて信長に仕えていた幽斎は主人に背いた松永弾正や荒木村重、明智光秀らがどのような末路を辿ったかつぶさに見てきた。彼らは信長の冷酷無比ともいえるやり方に耐え兼ね反旗を翻した。その結果、自分を支えていた地が抜けたかのように奈落の底に落ちていった。信長ほどではないにしても忠興もまた家臣にとって非情ともいえる決断を下さなければならないときが多々あった。時として大の虫を生かすために小の虫を殺さなければならないこともある。わが身を削るようにして辿り着いた結論であっても思うような結果をもたらさないときもある。そんなときほど『それ故、あれほど言ったのじゃ』と、したり顔して言う者も出てくる。重荷を一身に背負う忠興の立場を理解していたなら興元や忠隆、興秋らは己の不満を露わにすべきではないと幽斎は思っていたのかもしれない。

忠興は常に強気の態度を崩すことなく一度下した己の判断に迷いを見せることはない。たとえそれが最善の策とはいえない場合であってもだ。また後で判断に誤りがあったと気付いても、その誤りを改めるほど柔軟な思考の持ち主ではない。とはいえその誤りに気付かぬほど愚鈍でもない。戦国の世を生き抜いていくため忠興は人知れぬ苦悩を抱えてきたがそれを表に出すことはなかった。それだけに自分の命に従わない者に対してはたとえ身内であろうといや身内だからこそ厳しい対応をしてきた。その一方で不思議と幽斎が為す一連の行為について何の苦情も申し入れることはなかった。

興秋の婚礼が滞りなく執り行われ半月ほどたって、忠隆と妻千世は幽斎から京の三条車屋町の屋敷に呼ばれた。忠隆と千世は書斎に案内された。そこには幽斎と妻麝香《じゃこう》の姿があった。喜寿を迎えた幽斎は髪こそ薄くなったが矍鑠《かくしゃく》として衰えをまるで知らない。幾多の修羅場をかいくぐってきたとは思えない穏やかな眼差しで二人を迎い入れた。

「よう参られた。子供たちは皆元気か」

「はい、お陰様で皆健やかに育っております」

「それは結構なことじゃ、わしも子供たちの顔を見ると歳を忘れる」

「娘たちもじい様とばば様にお会いできる日はいつになくはしゃいでおります」

千世の言葉に麝香は穏やかな笑みを浮かべた。

「そなたらも四人の娘に恵まれた。興秋も妻を娶りこれでわしも一安心じゃ」

「じい様にはご恩を被るばかりで、未だご恩返しのひとつもできないことを心苦しく思っています」

「そんなことはない、わしも何かと世話になっておる」

幽斎は乞われるまま公家や大名に和歌を教授しているがそのときはよく忠隆を同席させた。これによって忠隆もまた交流を広げてきた。

「わしは隠居しここ京において何不自由なく暮らしてきた。最近昔のことをよく思い出される。義昭様を背負って興福寺から逃れたことが昨日のようにも思える。今となっては皆、夢のようじゃ。したが忠隆、お千世、そなたらはこれからじゃ。可愛い四人の娘もいる」

そう言って幽斎は目を細めた。そして何気ない風にこう言った。

「ところでもしもわしがいなくなった後、どのようにして生計を立てていくつもりでいる」

何故そのようなことを聞くのかといぶかしく思いながらも忠隆は正直に答えた。

「じい様から頂戴いたしました北野の地を耕し帰農しようと考えております」

「それだけでは四人の子を養っていくことはできまい」

「とはいえこれ以上じい様のご厚意に甘えるわけにはいきません」

「実はわしが持つ隠居料六千石のうち三千石をそなたに残そうと思う」

思いもよらぬ言葉に忠隆は驚きの声を上げた。

「とんでもありません。そのようなことをすればじい様にどのような不都合が生じるやもしれません」

「そなたは忠興殿のことを案じているのか。それなら心配は無用じゃ。案じることはない、これは大御所様からお許しを頂いていることじゃ」

「えっ、大御所様から？」

忠隆は思わず目をみはった。家康の名が出たことにまず驚かされた。昨今、家康と親しく話を交わせる者は数えるほどしかいない。隠居した前田利長や浅野長政ですら家康を憚ってい
る。誰もが憚る家康に対して忌憚なく話ができるのは今では幽斎くらいかもしれない。幽斎は

足利義輝、義昭と二代の将軍に仕えた後、織田信長に属し、本能寺の変の後に秀吉に従い、関ヶ原の戦いを機に家康方についた。これだけをみると如何にも時の権力者の間を渡り歩いてきたかのように見える。しかし不思議なことに幽斎はそのときそのときの権力者から厚い信頼を得た。有職故実に明るく、和歌の奥義を極め天皇の師範でもあることから、時の権力者は彼の存在価値を十分承知していたともいえる。

しかし戦乱の世を誤たずに生き延びるのはそれだけで十分であるはずもない。幽斎は時代の流れを的確に読み取る眼力を備えていた。時代の流れは処世術に長けているだけで読み取れるというものではない。今までどれだけ多くの者がうまく泳ぎきっていると思いながらも時代の渦に呑み込まれていったことか。時の流れを読み取るには誰が世を治め得る力を持っているかということだけではなく徳も備えているか見通す洞察力がなくてはならない。幽斎はその洞察力に加え、いざというときに身を処す決断力を有しているといえる。

「山城に頂戴した隠居領は一代限りのつもりでいたことからわしが死んだ後は幕府に返上するつもりでいた。そのことを大御所様に申し上げたところ細川領としてそのまま預かりおくよう仰せになった。それでは恐れ多いと再度願い出ると『それでは』と一旦、受け取られたうえで近々興元を取り立てるつもりでいたので三千石をその扶持に加えようと仰せになった。そのうえで改めて三千石をわしに下賜された。そこまで言われればお受けせざるを得ないので慎んで拝受した。それ故この隠居料は細川宗家に関らぬものでそなたに引き継いだところで何も案ずることではない」

忠興から廃嫡された忠隆は今では『細川』の名を捨て長岡無休と号している。しかしもしも忠隆が幽斎の隠居料を受け継ぐとなると細川家の分家の位置付けとなる。そうなると改めて前田利家の娘千世との関係が問題になってくる。細川家と前田家に繋がりがあることを家康が嫌っているのは明らかだ。前田家では家康を憚りことのほか細川家との接触を断とうとしている。それは細川家も同じだった。

「いまさら細川家の分家となる気はさらさらありません。じい様から頂いた北野の土地と屋敷があれば帰農して何とか生計を立てていくことはできます。お気持ちは有難いとはいえ、世間とのしがらみを断ち千世とともにひっそりと暮らしていくことができれば他に何も望みません」

忠隆はこう言った。それに対して幽斎は否定も肯定もしなかった。

「この場で結論を出すことでもない。一旦戻ったうえで後日返事するがよい」

## (6)

幽斎の屋敷を辞した忠隆と千世は北野の屋敷に戻った。屋敷に戻っても忠隆の気持ちは変ることはなかった。幽斎の隠居料に頼ることなく細川家との関係を絶ったまま千世と娘たちと暮らしていければそれに勝るものはないと考えた。ところが千世は思いつめた顔でこう言った。

「貴方様はご隠居様の仰ったことをお受けにならないおつもりなのですか?」

「いまさら細川の名を名乗ろうとは思わぬ」

「隠居領を貴方様が継がないのなら幕府召し上げとなるでしょう。そうなれば今住んでいるこの屋敷も土地も返上することになるやもしれません。そうなれば不憫なのは娘たちです」

忠隆たちが住む北野の地は幽斎の隠居領の一部であることから返上となればにここも幕府に召し上げとなることは十分考えられる。そうなると弟興秋の生活も成り立たなくなる。興秋もまた幽斎が後ろ盾になっているからだ。

「貴方様は細川家から縁を切られた私を見捨てることなくこれまで傍に置いてくださいました。私にとって貴方様と共に暮らせた日々は何ものにも替えがたいものでした。でもそれによって貴方様はお父上から廃嫡されてしまいました。これについては未だに申し訳ない気持ちでいっぱいです」

「今更そのようなことを申すな。細川家との縁を断ったのはわし自ら選んだ道なのだ。これについてはそなたが案ずるようなことではない」

「私一人ならこのまま貴方様と共にいられるだけでそれ以上望むことはありません。でも今では四人の娘たちがおります。これら娘たちの将来も考えねばなりません。娘たちのためにも貴方様がご隠居様の跡を継ぐことが最も良いことなのです。ご隠居様も貴方様が歌道を継承することを望んでおられるはずです。今では多くのお公家衆が指導を仰ぎに来られているではありませんか。一方で御隠居様は口にこそされませんでしたが大御所様が細川家と前田家に繋がりがあることを疎まれていることを気に掛けておられるはず。でもお父上のお言葉ですらお聞き入れなさらなかった貴方様に前田家との関りを断ち切るよう説いても詮無いこととお考えになり、そのお話を私にも聞かせたのでしょう」

「それは考え過ぎというものじゃ」

「でもそれで良いのです。私は一生分の幸せを貴方様から頂きました。これから先は娘たちの行く末を考えてやらねばなりません。そのためには私が貴方様の元から離れることが一番なのです」

「なに、わしの元を離れると？」

それは忠隆にとって思いもよらぬ言葉だった。

「はい、私が貴方様の元を離れ前田家に戻れば大御所様も細川家と前田家の縁が切れたとご安心なさることでしょう」

「今更細川の名を名乗る気など更々ない。ましてやそなたと別れるなど」

「そうは申しましても今までこうして生活ができてきたのはご隠居様の後ろ盾があったからこそです。それがなければ私どもはとうに路頭に迷っていたことでしょう。ご隠居様の後ろ盾を失えばこのままでいられるはずもありません。そうなれば四人の娘たちを育てることはできなくなりましょう。幸いにもご隠居様は貴方様が跡を継ぐよう道筋を作ってくださいました。しかもすでに大御所様のお許しも得ているとのこと。願ってもないことではありませんか。子供たちのためなら私はたとえ一命を投げうってでも悔いはありません。どうかご隠居様のお言葉をお受けになってください」

千世はこう訴えた。そこにはいつも控えめな千世にこんな一面があったのかと思うほど強い決意が表情に現れていた。千世はこう言うが、かつて父忠興の怒りを避けるため二人で前田家に向かったとき、当時、当主だった前田利長は家康を憚り会おうとすらしなかった。その利長は隠居したとはいえ跡を継いだ年の離れた弟利光（利常）は十七歳と若いことから実権は未だ利長が握っている。また頼りとする母まつ（芳春院）は人質として江戸に出たままで千世を守ってくれるような者はおらず、戻ったところで居場所があるはずもない。

（何があっても千世を離してはならない）

忠隆は改めて強くこう思った。

「娘たちのことは心配いたすな。ここ北野の土地屋敷だけは手放すことのないようじい様にお願いするつもりじゃ」

こう言って千世をなだめたがそれでも千世は頑なに首を振った。

「もしもそなたが実家に戻るようなことになれば娘たちとは二度と会えなくなるが、それでも良いというのか」

「その覚悟です。貴方様はお父上と縁を切ってまで私を守ってくださいました。私はこれ以上ないものを貴方様から頂きました。でもそれによって貴方様は武将としての道が絶たれました。今、じい様の跡を継がなければ今度は歌の道も茶の道も絶たれてしまうことになりましょう。これ以上貴方様の妨げになることはできません。これは娘たちのためでもあるのです。今度は私が娘たちを守る番です。どうか今後は娘たちを私と思い守り育ててください。私の望みはそれだけです……」

ここまで言うのが千世にとって精いっぱいだったのか言葉がつまり、瞳がみるみるうちに潤んできた。それを隠すように千世は目を伏せた。強く握りしめた手の甲に大粒の涙が零れ落ちた。小さな肩が僅かに震えている。

千代は一歩も引かなかった。わが身より娘たちのことを願う千世の思いの前に忠隆の説得も無力だった。これ以上説得を続けても千世を苦しめるだけと判断した忠隆は身を切られる思いで千世の願いを聞き入れた。

北野の屋敷から千世を乗せた輿がひっそりと加賀に向かったのは五日後のことだった。忠隆は四人の娘と共にその輿を見送った。屋敷の門に差し掛かった時輿の小窓が開いた。輿の中から千世の顔が覗いた。千世は四人の娘たちの姿を一人ひとり目で追った。二歳となる福と乳呑児の萬はそれぞれ上女中に抱かれている。三歳になる吉は一緒に行くと言って輿に駆け寄ろうとしたが家人に押しとどめられた。六歳になる長女の徳は別れの意味が薄っすらと分かっているようでじっと母を見詰めている。千世は最後に忠隆に視線を送り小さく会釈しそのまま顔を上げることはなかった。その表情を忠隆は生涯忘れることはなかった。それが二人の今生の別れとなった。忠隆は坂道を下っていく輿が小さくなるのをいつまでも見送っていた。若葉の茂る五月のことだった。

季節はいつしか蝉時雨で目覚める候へと移っていた。いつもの時刻に幽斎が起きてこないので家人が様子を見にいったが起きてくる気配がない。そこで枕元に行って声を掛けたが目を覚まさない。妻の麝香は慌てて医師を呼び寄せ治療を施してもらったが意識は戻らない。直ちに豊前に居る忠興と忠利に早馬が飛んだ。前日までいつもと変わりない様子だった幽斎の急変に誰もが驚かされた。忠興、忠利親子が駆けつけた時、幽斎は昏睡状態にあったが息はあった。しかしその日の夜中、幽斎は忠興たちに見守られながら静かに息を引き取った。まるで自分の死期を悟っていたかのように身の回りのことすべてを整理したうえでの往生だった。八月二十日のことだった。

葬儀は忠興によって執り行われたが、忠隆と興秋がその列に加わることはなかった。幽斎固有の隠居料六千石のうち三千石は下野国芳賀郡茂木に移封される忠興弟興元に与えられそれによって一万石の大名格の石高となった。残りの三千石は忠隆へ引き継がれた。それについて忠興は何ら異議を申し立てることはなかった。隠居料とはいえ忠興から廃嫡された忠隆が幽斎の扶持を引き継ぐことは異例のことといえ誰もが驚いた。とはいえうがった見方をすればその三千石で家康はそれまで成しえなかった細川家と前田家の繋がりを完全に断ち切ったといえる。

# 五　巌流島

## （1）

明けて慶長十六年三月二十六日、家康は上洛し二条城で秀頼と八年ぶりの対面を果たした。前年の春に秀頼と秀忠の娘千姫が正式に祝言をかわしたことから形の上では徳川家と豊臣家の結びつきは一層強固なものとなるはずだった。このとき忠利も父忠興に従い上洛し家康警護の役割を担った後、それぞれ領国の小倉と中津へと戻った。

忠利の中津での町割は着々と進めていった。そんな中、彼には気に掛かる人物がいた。それは七年前に会った宮本無二斎だった。齢はすでに八十を越えているはずだ。今では後継者に道場を任せていることだろうが、加賀義信を一撃の下に倒した凄まじい刀法は忠利の目に未だに焼き付いて離れない。柳生宗矩と出会ったときも衝撃を受けたが、無二斎には心胆を寒からしめる妖気が漂っていた。

忠利は石寺頼之に無二斎の消息を尋ねた。

頼之は忠利が江戸屋敷で暮らしていたときは忠興の元に仕えていたが、忠利が帰国を許され中津の城に入ったのを機に今では補佐役として仕えている。

「以前、城下で兵法指南所を開いている宮本無二斎の元を訪ねたことがあったが、その後、いかがしているであろう」

「最近、とんと名前を聞きませぬ。今では大殿（忠興）の元で兵法指南役を務めている佐々木小次郎の巌流が盛んとなっております」

忠利も巌流という刀流は耳にしていた。それは豊前の英彦山《ひこさん》修験者たちに伝わる独特の刀法で岩流が元となる刀法だが、その中に岩石城《いわいしじょう》を拠点とする佐々木一族がいる。小次郎はその一族で富田《とだ》流を修めた後、岩流にその技を取り入れ取入れ『巌流』を編み出したのだ。

かつて忠興の父藤孝（幽斎）が山城国長岡から丹後に国替えとなったとき一色氏のしぶとい抵抗にあい、ほとほと手を焼いたことがあったことから、忠興は豊前に入国すると、そこで大きな勢力を誇る英彦山の修験者の一党の懐柔にあたった。そこで彼らを取り込むため佐々木一族の小次郎の刀法に目を付け細川家に招き剣術師範に抜擢したのだ。忠興の後盾を得た巌流は見る間に勢力を伸ばし、黒田官兵衛が豊前国主であった頃に隆盛だった無二斎の当理流をたちまちのうちに席捲してしまった。

「さすがの無二斎も寄る年波には勝てぬか、して、巌流とはどのような刀法か」

「小太刀の富田流の流れを汲む刀法ですが、佐々木自身は長刀を用いるとのことです」

「長刀とは小薙刀の長柄のようなものか」

「いえ、刀身が三尺余りのまさに長刀です」

「そのような獲物を扱いこなすには余程膂力《りょりょく》が無くてはなるまい、それとも突き技を専らとするのであろうか」

「長刀にも関わらず、太刀捌きは雷光のようで『虎切り』という技を使うようです。この太刀裁きで飛翔する燕をも両断することから弟子たちの間ではその技を『燕返し』と呼んでいるとのこと。この技を会得したのが僅か十八歳のときだったと言われております」

「フム……」

忠利は唸った。

宮本無二斎はそうした奇をてらう刀法を嫌い無骨ともいえる剣を用いたように思える。その無二斎が巌流の侵攻を食い止め得ないのは、年齢から来る衰えによるものなのかもしれない。巌流が小倉で忠興の庇護の元、隆盛を極め中津にまでその勢力を伸ばし弟子を奪っていくのを甘んじて受け入れなければならない無二斎の心中は、穏やかならざるものだったに違いない。

倣岸不遜ともいえる無二斎の一面を知るだけに忠利はその無念さも一通りでないと察した。

こう思いながらも彼は再び政務に忙殺される日々に埋もれていった。


忠利が再び無二斎に関して耳にしたのは翌年三月のことだった。庭先の桜の蕾が膨らみ日差しが一段と柔らかさを増してくるのを感じながら忠利は居間で小笠原長成、石寺頼之と雑談を交わしていた。そのとき長成が頼之に尋ねた。

「巌流の佐々木小次郎が大殿のお許しを得て他流試合を行うと聞くが、石寺殿はお聞き及びか」

「はい、相手は東国から来た兵法者とか」

「佐々木とは父上の元で兵法指南をしている者だな、して相手は如何なる者じゃ」

「はい、中津に道場を開いていた無二斎の息子だそうで」

忠利に問われた頼之も人伝に聞いた話のようで曖昧な返事をした。

「無二斎は今でも道場を開いているのか」

「いえ、何でも今年の正月に身罷《みまか》ったそうにございます」

「なに、無二斎は死んだのか」

「はい、八十一歳ということですから大変な長寿でした」

「そうか、それで残された身内の者が巌流に挑んだわけか」

「いえ、それがどうやら少し違うようで」

長成もまた確信が持てぬような顔で言った。

「息子といっても幼い頃別れたきり、今では東国で暮らしていたとのこと」

「東国とは江戸ということか」

「はい、そのようで」

「息子といえども無二斎の子であればかなりの年になっておろう」

「遅くからの子のようで二十八、九と聞きます」

「すると五十になってからの子供というわけだな。して名は何と言う」

「宮本武蔵守政名《まさな》と申すようで」

忠利はその名に聞き覚えがあった。それは忠利が証人として江戸屋敷に居た頃のことだ。柳生宗矩の道場や小野派一刀流の道場に再三訪れ手合わせを申し込む兵法者がいるという評判が立ったことがあったが、たしかそのときの兵法者の名前だった。そのときはいずれにおいても門前払いを食らったと聞く。忠利の中で無二斎の容貌が武蔵と重なった。六十を過ぎていた無二斎の剣は岩をも砕くほど凄まじいものだった。息子の武蔵の剣はどのようなものなのか。

「宮本武蔵と申す者、京において吉岡清十郎始め、一門をことごとく破ったと吹聴しているそうです。清十郎は将軍家兵法指南役だった父吉岡憲法の長男でしたが、奇しくも宮本と吉岡の親子二代が戦い、いずれも宮本側が勝利したことになります」

「すると武蔵なる者は無二斎の跡を継ぐためにこの地に参ったのか」

「いえ、とてもとても……親の跡目を継ぐというような殊勝な気持ちなど毛頭無いようで……己の剣はすでに比類なき域に達していると豪語し、そのことを証明するために無二斎の兵法を推奨していた佐渡殿（松井興長）を通じ、佐々木巌流との試合を望んだそうです」

佐渡はこの年の一月逝去した松井康之の次男だが長兄が朝鮮出兵で戦死したため父の跡を継ぎ細川家家老として豊後杵築城の城主となっている。妻は忠興三女古保《こほ》だ。

「佐渡が無二斎の当理流を推奨してきたとはいえ子の武蔵に肩入れするほどの義理はあるまい」

「佐渡殿が京の建仁寺に参禅していたとき武蔵と出会い、互いに認め合う間柄となっていたそうです」

「フーム……するとその縁で佐渡が父上の許しを得て両者に試合をさせることになったというのか」

「そのようにございます」

「して、試合の刻限と場所は」

「未だ決まってはおりませぬが追って両人にご沙汰があることでしょう」

武蔵が無二斎の子として道場の再興を図り巌流に試合を申し込むというなら分かるが、どうやらそうではないらしい。一介の浪人が大名の兵法指南役に試合を申し込んでも叶うはずもないが、武蔵は父無二斎の兵法に理解のあった松井佐渡の仲介を得て試合を申し込むことに成功したようだ。

## (2)

武蔵と小次郎の試合は御前試合とはならなかった。武蔵が小次郎に試合を挑み、両者が領内で手合わせを行うことについて城主忠興に許しを得たという形となった。つまり私闘ではないことを認められたに過ぎない。しかしながら立ち合いを忠興がわざわざ許したことに忠利は多少の違和感を持った。大名家の兵法指南役を名も無い素浪人と立ち合わせ、たとえ勝ちを得たところで何の益も無いからだ。それとも父忠興には武蔵が勝利したなら兵法指南役として招くつもりでいるのかとも思った。

大名は徳川幕府樹立以来、鉢植えのようにいつ何処に移封されるか分からなくなった。また各大名は領地を攻め取ることを厳しく禁じられるようになった。それはとりもなおさず幕府に弓引くこととなる。こうして戦《いくさ》の無い国造りの仕組みが出来上がったのだが、それは同時に新たに家臣を雇うことはできなくなったということでもある。限られた石高で新たな家臣を雇うということは、その分を捻出するためにどこかを切り捨てねばならないからだ。

戦国の世であれば己の強さを誇示して仕官の道を開くこともできたが徳川の時代となってからはそうした機会は失われてしまった。こうした状況を知ってか知らいでか、武蔵は試合の相手を求めて全国を旅している。試合を続けただひたすら強さを求める先に何を求めているのか。そうした類の強さはすでに世の中で求められなくなってきているのだ。

とはいえ忠利は二人の試合の模様を詳しく知っておきたいと思った。かつて藩内で一二の腕前の加賀義信を全く問題にしなかった無二斎の強さは今も目に焼き付いている。その無二斎の息子武蔵がどのような刀法を用いるのか是非とも見ておきたいと思った。見るのが叶わなければ、試合の詳細を漏れなく知りたいと思った。彼は中津城下の町割の状況を報告することを理由に、父忠興の元を訪ねることにした。それは武蔵と小次郎の試合前日のことだった。

忠興は居間の床の間を背にし、脇息に肘を掛けていた。口角を下げ眉間に皺を寄せているのはいつものことながら、くつろいだ様子ではあった。

「今日はまた何事じゃ、中津城下の街割りは進んでおろうの」

「はい、順調に進んでおります。地元の民も協力を惜しまずに働いてくれております」

「うむ、地元の民を慈しむことは領主の務めぞ、くれぐれも不公平のなきよう普請奉行にも申し伝えておくようにいたせ」

「はい、承知いたしました」

いきなり父の説教じみた話が始まったが、そこは忠利も十分心得ていた。

「ところで明日、父上が藩内にお留めおきの兵法指南役の佐々木と宮本武蔵と名乗る兵法者が立ち合うと聞いておりますが」

「なんじゃ、そのことで参ったのか」

「いえ、そういう訳ではありませぬ、こちらに出向いた折りに家中の者が噂するのを耳にしたのです」

「ふふ……どうだか……しかしその方も柳生殿から兵法を教授されているから関心はあろう」

「はい、一方の相手については江戸で耳にしておりました」

「宮本とか申す者か」

「はい、江戸では町道場を開いていたようです」

「町道場では町人や中間《ちゅうげん》の類が相手であろう」

「確かにはじめはそのようでしたが、柳生一門の者を破ったとの評判が立ってからというもの伊達、黒田家中から入門者が相次ぎ門弟の数は一気に増えたと聞き及びます」

「柳生家の者が試合して敗れたと申すか。柳生家からそのような軽率なことをしでかす者が出るとも思えぬが」

忠興はいまひとつ納得しかねる顔で言った。

「ところでこの度の立ち合いをお許しになったのは如何なる理由でしょうか」

「それはわしが認めるまでもないということか」

「あるいはそうかもしれませぬ。一兵法者の立ち合いならば改めて父上のお許しを得るまでもないことと存じますが」

「それは佐渡（興長）から願い出があったからじゃ。佐渡は父康之ともども無二斎の兵法を推奨してきたが、無二斎の息子武蔵とやらが佐々木と立ち合いを強く望んだことで試合を認める気になったようじゃ。そこでわしの許しを求めにきたのじゃ」

「なるほど、父上がお許しになったのであれば私闘とはならず、両者とも心行くまで雌雄を決することができましょう」

「とはいえ御前試合にするほどのものでもない。武蔵と申す者は無二斎の息子ということだけで、実力の程は知られておらぬ」

「一方の佐々木の実力は如何でしょう」

「うむ」

忠興は曖昧な返事をした。

「栖雲斎ほどではないということですか」

「栖雲斎ほどの者は滅多にいるものではない」

忠興はそこだけははっきりと答えた。


「本来ならば父上は栖雲斎を兵法師範として迎えたかったのではないですか」

忠興は無言のまま忠利の方に探るような視線を送っている。

「ところが栖雲斎は爺様と共に京に向かったまま、大坂にて客死いたしました。柳生の兵法にあき足らぬものを感じておられる父上の本心は、栖雲斎に当家の兵法指南役を望んでおられたのではないでしょうか」

「栖雲斎は齢を取り過ぎていた」

そう言いながらも忠興は忠利の言葉を否定することはなかった。


戦国武将として秀吉の時代から戦場を駆け巡ってきた忠興は、『治国の剣』として争そわぬことを尊ぶ柳生の兵法を今一つ評価していない向きがある。宗矩をそれなりの兵法者として認めてはいるものの、争いを避ける兵法は二代、三代と経つうちに必ず形骸化するに違いないと考えている節がある。『兵法を極めれば無刀』という教えは確かに家康の言う治国の精神に則ってはいるが、時を経るうちに必ずや畳水練に陥ると危惧しているのだ。忠興はさらに柳生宗矩が兵法のみならず秀忠の側近として政事に参与するようになっていることに警戒感を懐いているようだった。

忠興は柳生宗矩に劣らぬ兵法指南役を求め、佐々木小次郎を細川家の兵法指南役として迎え入れていたが、必ずしもそれで満足していたとはいえない。もしも小次郎が細川家にとって真に必要と考えているのなら、武蔵との試合を簡単に許すはずも無い。かといって小次郎に勝った者を指南役に据えようという考えがあるわけではないようだ。と、すればこの試合は細川家にとって余り意味のないことになる。それでもあえて試合を許した背景には必ずや何らかの考えがあってのことだと忠利は思った。

## (3)

佐々木小次郎と宮本武蔵の試合は翌四月十三日辰の上刻（午前八時）、関門海峡の急流に洗われる小島、舟島で行われた。舟島は二反（約六百坪）ほどの瓢箪型の小島で北側が小高い丘となっており松と雑木が茂り、南に向かってなだらかな坂となって砂浜へと続いている。島には検使役二名と警護の侍五名、それと医師のみで見物はゆるされなかった。検使役には神道流の遣手陣内政次と岡村宗佑が遣わされた。政次は家中において中条流の遣手加賀義信と並び称される達人だが、義信が宮本無二斎との立ち合いで手首を砕かれ二度と剣を持てなくなった今、兵法においては細川家中の第一人者となっている。

試合を見届けた政次がその日の夕刻、登城してきた。忠興と忠利は大広間で政次の報告を聞くことにした。そこに松井興長も同席した。

「当家兵法指南役巖流佐々木小次郎と円明流宮本武蔵の試合のご報告に上がりました」

「うむ、聞こう」

忠興は例によって脇息に右ひじを乗せ、くつろいだ姿勢で政次の話を聞いた。

「試合の刻限は辰の上刻でしたので一刻前に試合場となる舟島に参り、周囲を検分した後、両名の到着を待ちました。佐々木は定刻より半刻前には到着し、我らの横に床几を添え宮本の来るのを待ちました」

政次は試合の模様を述べだした。話の内容はおおよそ次のようなものだった。

小倉から細川藩の舟で到着した小次郎は、艶やかな深紅の袖無し羽織に染革の裁着袴《たつつけばかま》と白足袋に草鞋をしっかりと締めていた。手元には四尺はあろうかという自慢の長刀と、同じ丈の木刀を備えている。試合であることから獲物は当然、真剣でなく木刀ということになる。警護の侍の間に、検使役の政次と床几を並べ座る姿は錦絵に描かれた一軍の将でもあるかのようだ。

この度の試合は藩主忠興のお声掛かりなのだが、小次郎は武蔵がどのような兵法者かほとんど知らなかった。それも無理からぬことといえる。武蔵は九州においては全くの無名だったのだ。小次郎が門人に調べさせて分かったことは、武蔵が中津に当理流の道場を開いていた無二斎の息子であることと、二刀を用い江戸で町道場を開いていたことがあり年は小次郎より二、三歳上の三十歳前後ということぐらいだった。

この日は快晴だが風が強く、床几に腰を降ろした小次郎が時折、目を細めるほどだった。武蔵は巳の刻が過ぎようとしても姿を現さない。小次郎は四尺の長刀を立てじっと海の彼方を見ながら何度も刀の鞘を砂浜に突立てた。手にしているのはいつの間にか木刀でなく、長刀に代わっていた。

いつまでたっても姿を見せない武蔵に政次も（試合を前に、もしや逐電したのでは）という思いが一瞬よぎったが、そもそも試合を望んだのは武蔵の方だったことからよもやそのようなことはないはずと思い直した。それにしても遅い。

生死を賭けた試合ともなればその緊張感たるや尋常なものではない。集中力は半刻（一時間）が限界といえる。ところがその半刻はとうに過ぎている。かかとで砂を踏みしめたり、鞘を持つ手に力を込めたりする小次郎のいら立ちが横にいる政次にも伝わってきた。

一刻過ぎても姿を現さない武蔵に、政次は隣の岡村宗佑と互いに顔を見合わせ、床几から立ち上がろうとした。武蔵が試合を前に逃げたとし、小次郎の不戦勝としようとしたのだ。しかしまさにそのときだった。北の沖合いから一艘の小舟が近付いてくるのが目に入った。漕ぎ手ともう一人の姿が見て取れる。

それはまぎれもなく武蔵の乗った舟だった。小次郎もその舟に気付いた。皆、てっきり南方の小倉口から来ると思っていたが、武蔵は反対の下関の方角から姿を現したのだ。

小次郎は武蔵の姿を認めると歯ぎしりしながら刀の鞘を握り締めた手に力を込めた。そして立ち上がろうとしたが思い留まった。自制する気持ちが働いたのだろう。

ところが武蔵の乗った舟は姿を現したものの一向に島に辿り着かない。あたかも小次郎を焦らしているかのようにも見える。舟島は海峡のほぼ中央にあることから潮流が急で、武蔵の乗る舟は潮の流れに押し返されていたのだ。ようやく試合場の海岸に着いたのは舟が視界に入ってからさらに四半刻が経っていた。

しかも武蔵の乗った小舟は政次の指定する試合場からずっと東側の、入り組んだ浅瀬に乗り上げるようにして止められた。

舟が止まると武蔵は肩に掛けていた萌黄色の綿入れを脱いだ。その下はすでに白い襷が掛かっていた。まるで悪びれた風のない武蔵に小次郎は歯ぎしりしながら太刀を鷲掴みにして波打ち際まで駆け寄った。散々待たせた武蔵は波打ち際まで駆け寄った小次郎の姿を認めたものの、立ち上がることなく懐から柿色の手拭いを取り出すとおもむろに前結びに鉢巻きをした。この後に及んで未だ準備をしている武蔵に小次郎の怒りはさらに高まり太刀を持つ手が小刻みに震えた。しかし、迂闊に波間に駆け込んだりすれば足場が悪くなる。小次郎はかろうじて怒りを抑えた。

一方、相手を一刻余りも待たせた武蔵は、平然と脇差を腰に差し、太目の木刀を手にしてひらりと舟から飛び降りた。濃紺の裁着袴の裾から無数の木の削りカスが落ち、波間に消えた。そのとき武蔵が手にしたのは四尺五六寸はあろうかという長大な木刀だった。しかし切っ先を海面につけていたため刀身の長短が正確には測れない。

勿論政次のところからも正確な丈は確認できなかった。しかし遠目から見ても武蔵の手にしている木刀は異様に太く長かった。この獲物を扱いこなすには余程膂力《りょりょく》がなくてはならないはずだ。海岸にいる小次郎とは四間ほどの距離がある。

武蔵は小次郎を尻目に海岸伝いにゆっくりと歩いていく。駆け寄った小次郎も横目に睨みながら砂浜沿いに武蔵と平行して歩く。なかなか海岸に上がろうとしない武蔵に小次郎はさらに苛立った。政次は二人に試合場として指定する西側の砂浜にて立ち合うよう声を掛けようとしたがそのときすでに立ち合いは始まっていたといえる。

武蔵は水面がくるぶしぐらいになったところで歩みを止めた。小次郎は歩みを止め身構え、何かを叫んだあと長刀を抜き放ち鞘を投げ捨てた。おそらく遅れたことをなじる一言を発したのだろうが、その声は打ち寄せる波の音と海風に引きちぎられ政次の耳には届かなかった。

そのとき小次郎はまさに一刀のもとに武蔵を切り捨てる勢いだった。そのとき武蔵はにやりと笑った。そして何かを言ったようだったがこれも風と波の音にかき消され政次の耳には届かなかった。

政次は落ち着き払った武蔵の様子に底知れない薄気味悪さを感じた。武蔵は小次郎の心を見透かしているかのようだった。道場内で行う稽古では決して身に付けることのできない野生の嗅覚のようなものを武蔵には備わっているように感じた。政次にしても戦場での経験が豊富なわけではない。関ヶ原の役から十数年たった今、実践を知る者は次第に減ってきている。当時は腕の一本を与えても相手の首を掻き切らずにはおかないような者がひしめいていた。しかし世の中が治まってくるに従い、そうした者たちに寄せられた畏敬の念は次第に冷笑へと変わってきた。武蔵はその当時の武骨なままでの侍をそのまま今の世に切り取ってきたような姿で立っていた。

武蔵が突然、波打ち際に沿って走り出した。それを追うように八相に構えた小次郎が平行して走る。波間を走る武蔵の木刀の先端は水面を切り裂く。波打ち際まで一気に駆け上がった武蔵はそこでピタリと歩みを止め脇構えとなった。木刀の先端はすでに海面から出ていたが、小次郎の位置からは武蔵の躰の陰となりその全長を推し量ることができない。

紙一重で勝敗が決する試合において、相手の獲物の長短を見極めておくことは不可欠のことだ。構えあったときの両者の間合いを推し量ることを疎かにして勝利を得ることができるはずもない。小次郎の不覚はそのことを疎かにしたことだ。彼の頭には一刀のもとに武蔵を切り捨てることしかなかったのだ。

互いの打ち間に入ったところで、両者はじっと睨み合ったまま動かなくなった。岸に上がりきっていない武蔵に対して小次郎の足場は砂浜で明らかに有利といえる。ところが小次郎にとって海を背にした武蔵の姿は反射する無数の陽をの光を受け、波間に浮かぶ陽炎のように映る。波が打寄せるときには波しぶきと共に武蔵が迫り来るかのように、また波が返すときには武蔵が間合いを切るかのように小次郎には映っていた。

睨み合ってから何度も波が打寄せては返した。呼吸を計っていた武蔵が脇構えのまま大きく一歩踏み出した。間髪を入れず八相に構えた小次郎の太刀が気合もろとも風を切って振り下ろされた。しかしそれは武蔵の額を僅かにとらえることができなかった。空を切った小次郎は一瞬隙だらけとなった。それを武蔵は見逃さずすかさず踏み込んだ。それを読んでいたかのように小次郎は手首を返し左斜め上に切り上げた。これが噂に高い『燕返し』だった。一瞬、武蔵の躰が真っ二つに切り裂かれたかに見えた。ところが刀を振り切り無防備となった小次郎の額めがけて武蔵の木刀が気合もろとも凄まじい勢いで振り下ろされた。その切っ先が小次郎の額を正確にとらえた。小次郎の額から鮮血が飛び散ると同時に、朽木が倒れるように砂浜にうつ伏せに倒れ込んだ。小次郎は僅かに武蔵の袴を切り裂いただけだった。

一体何が起こったのか政次には分からなかった。踏み込んだ武蔵は完全に小次郎の間合いに入り長刀は武蔵をとらえたかに見えた。ところが僅かに外れた。政次は自分の目を疑った。それも無理はない。踏み込んだかに見えた武蔵は半拍踏み込みをずらしていたのだ。それによって小次郎の燕返しとなる二の太刀が空を切ったのだ。それには押し寄せる波と同調するように動いた武蔵の動きも小次郎の目測を誤らしたことにつながる。小次郎が平常心であったなら打ち急ぐことはなかっただろう。しかし焦らしに焦らされた後にようやく開始した試合だっただけに、僅かながらも間合の見切りが早くなった。何よりも小次郎には打ち合って打ち負けるはずが無いという慢心があった。勝敗はまさに紙一重の差で明暗を分けたのだ。

武蔵としても額をかすめた小次郎の一刀目を見切ったつもりでそのまま踏み込んでいたら、返す刃で内股を切り裂かれていただろう。しかし彼が小次郎の一刀目が見せ技で真の打ちが二刀目であることは事前に承知していたようだ。すぐさま打ち込むこと無く、半拍ずらしたことで小次郎の二刀目を見切った。立ち合いの場は砂浜であることから砂に足を取られ普段の踏み込みは望めない。そこで小次郎の長刀に匹敵する長大な木刀を用い踏み込みを補った。武蔵には野生のような戦い本能に加え、実践でしか身につけることのできない用意周到さを併せ身につけていたのだ。

とはいえ武蔵の一撃は相手に致命傷を与えるものではなかった。武蔵の一刀で額を割られた小次郎は一瞬、意識を失ってはいたが息はあった。武蔵はうつ伏せになっている小次郎の元にゆっくりと近づいていく。

## (4)

この試合が私闘でなく藩主認定による試合であることから『一撃之約』が定められていた。これは一方が倒れた時点で勝負ありとし二刀目を加えてはならないという約定だ。従って小次郎が倒れた時点で勝敗は決したことになる。検使役の政次としてはこのとき直ちに武蔵の勝利を宣言すべきだった。ところが武蔵は小次郎の意識を確認するかのように近付いていった。武蔵が小次郎の頭の位置まで近付いたときだった。政次にとっても思わぬことが起きた。小次郎の太刀が突然、左斜め上へ切り上げられたのだ。左膝を立てながら放たれた一刀は武蔵の袴を大きく切り裂いた。それを武蔵は飛び退き様躱すと、拝み打ちに小次郎めがけて木刀を振り下ろした。小次郎の脇腹の骨が砕ける鈍い音がした。小次郎はのけぞり海老反りとなり口と鼻から血を吐いて突っ伏した。最早、二度と動くことはなかった。政次の不覚は、速やかに試合の判定を下さなかったことだ。彼の僅かな躊躇は武蔵の打撃を許してしまったのだ。

武蔵は検使役に一礼すると乗ってきた舟に飛び乗り、沖に向かって漕ぎ出した。浜には倒れた小次郎と武蔵が鉢巻きに用いた手拭いだけが残された。鉢巻きは強い風に煽られながら海面へと飛ばされていく。その遥か先に武蔵の乗った舟が遠ざかっていくのが見えた。

以上が検使役を務めた陣内政次の報告だった。

忠興にとって小次郎の敗北は意外だったようだ。だが武蔵が一刻余り遅れてきたこと、小次郎に止めを刺した後、素早く舟に乗りこみ下関沖合いに姿を消したことなど試合の駆け引きについて政次が話しだすと不快な顔を露にして話を遮った。

「兵法者ならば、刀術を持って雌雄を決すべきじゃ。駆け引きのことなど聞くに及ばぬ」

忠興にとって兵法者の試合とはどちらの技が優れているかを競い合うことで、駆け引きならば武将たる自分が誰よりも勝っているという自負がある。しかも検使役がすぐさま判定を下さなかったとはいえ「一撃之約」を無視して相手に止めをさした武蔵を快く思わない様子がありありと窺えた。

忠利はまた忠利で、小次郎は落さなくてよい命を落としてしまったと思っていた。うつ伏せに倒れた状態で相手に一刀を浴びせるとすれば切り上げるしかない。武蔵ほどの者ならば右手に握られた太刀筋を容易に見極めることだろう。それでもあえて仕掛けたということは、小次郎はそのとき冷静な判断力を失っていたと言わざるを得ない。さんざん待たされたとはいえ、『戦とは奇道』と言われるこの時代に相手の挑発に乗ってしまったところに致命的敗因があった。

忠利はこう思う一方で、武蔵の用意周到さに空恐ろしさを感じながら政次に尋ねた。

「武蔵は小次郎の長刀に劣らぬ木刀を用意していたというが、そのような長柄を日頃から用いるのか」

「大小併せて用いることがあっても、このような長刀を用いたことはこれまでにも無いようです。恐らくは櫂でも削って木刀としたのでしょう」

「巌流の師である富田《とだ》勢源《せいげん》はかつて薪を手にして相手を打ち据えたと聞くが、武蔵は櫂を用いて試合に臨んだわけか」

「そのようにございます」

「試合に臨む舟上でその日用いる木刀を削るなど如何にも無造作に見えるが、武蔵ならではの考えがあってのことだろう。揺れる船中で試合に用いる木刀を納得いくように仕上げることは至難の技じゃ。恐らく前もって手ごろな櫂でも見繕い握りの部分を含め粗削りを済ませておいたのであろう。そして仕上げを船中で行ったのであろう。

試合で待たされる方は神経を消耗するが、待たせる方もまた平常心を保つことは容易ではないはず。相手の焦りを誘おうとすることで、いつしか己自身も心の均衡を失うことになりかねぬ。そこで武蔵は平常心を保とうと船中で木刀の仕上げを行ったのであろう。恐らく武蔵は一刀、一刀仏を彫るように無心に削っていたことだろう。そして木刀が完成したときには精神面で佐々木との間に大きな隔たりが生じていたはずじゃ」

忠利は誰に向かって話すでもなくこう言った。

一方、忠興は全く別のことを考えているようだった。彼は政次にこう訊ねた。

「武蔵は大小二刀を用いると申したの」

「はい、両刀を実に巧みに使いこなすとのことです」

「そうか……して忠利、そなたは武蔵の剣をどう見る」

忠利は思いがけぬ父の問い掛けに一瞬戸惑った。

「柳生の剣を学んでいるそなたじゃ、武蔵の剣に対して思うところがあろう」

　忠利は慎重に言葉を選びながら答えた。

「柳生石舟斎は『剣極まれば無刀となる』ことを大御所様に身を持って示しました。大御所様は石舟斎の兵法が、太平の世造りに役立つと見抜かれました。さればこそ、その日のうちに誓紙を出され門下となったのです。そして天下を平定した今、柳生の剣を『治国の剣』として将軍家御流儀とされています。大御所様は新陰流が『一剣の理よく全軍を指揮するに足る』域に達し得る兵法とお認めになられた。これこそ新陰流の祖上泉伊勢守から教えを引き継いだ石舟斎が求めていたことといえましょう。一方の武蔵は二刀を用います。これはあくまで勝敗に重きを置く剣といえましょう」

「ということは柳生の剣が優れているということか」

「いえ、決してそうとはいえません。ただ兵法は学問と同じでそれを必要として召し抱える者があって初めて生かされるもの。かの石舟斎ですら大御所様からお声が掛からなければ柳生の里で朽ちて柳生新陰流もこの世に出ることは叶わなかったことでしょう」

　更に忠利はこう続けた。

「かねてより優れたる将は帷幕《いばく》のうちに策をめぐらし、勝敗を千里の外で決するものと言われてきましたが、言うは易く行うは難い。それを大御所様は実践されてきました。これからの世は大名同士の戦は私闘と見なされ幕府より厳しく罰せられます。我らの勤めは武に励みながらいかにして武を用いずして太平の世を築くかということに尽きましょう。武蔵の剣も戦の具としてではなく矛を納め国を治めていくうえで必要と認める領主に出会うことができれば必ずや大きく花開くことでしょう」

忠利の言うことを黙って聞いていた忠興は頷きそれ以上は問わなかった。

佐々木小次郎が武蔵との試合で敗れたことは、巌流一門にとってただならぬ衝撃を与えた。負けるはずのない師匠が敗れたのだ。このままでは隆盛を誇ってきた巌流が危機に陥る。直ちに武蔵を倒して敗北の事実を打ち消さなくてはならない。そのためには手段を選んでいられない。

彼らは武蔵が父無二斎の墓前に試合の報告に来るに違いないと考え、中津に集結し武蔵が姿を現すのを夜を徹して待った。その中には弓や鉄砲を手にする者もいた。しかし武蔵は姿を現さなかった。もともと武蔵には父の無念を思って小次郎と立ち合ったという気など毛頭無く、本来ならかなわぬ小次郎との試合を父の名を利用してその機会を得たに過ぎなかったからだ。ここでも武蔵は巌流一門の思慮の枠外にあった。

佐々木小次郎が倒れたことで巌流は一気に精彩を欠いていった。忠興は巌流の後継者を細川藩兵法指南役としての扱いはしなかった。地元に大きな勢力を誇る英彦山《ひこさん》の修験者の一党を取り込むため岩石城《いわいしじょう》を拠点とする佐々木一族の小次郎を藩の兵法指南役に抜擢したことで地侍たちの反感は薄れ治安の安定が図れた。この時点で佐々木小次郎の役割は半ば終わっていたといえる。

一方、勝者の宮本武蔵の行方は杳として知れなかった。忠興もその行方を探らせることはなかった。江戸においては道三河岸の柳生道場や小野派一刀流の道場に何度も出向き試合を申し入れたものの門前払いを食っていた武蔵だったが、豊前に来てようやく細川藩兵法指南役佐々木小次郎と試合することが叶った。松井佐渡は今回の試合を機に武蔵の仕官を斡旋するつもりでいたのかもしれない。ところが忠興の評価を得るには至らなかった。忠興は武蔵の刀法が家風になじまないと判断したのだ。それまでは試合して勝ち続けていけば名声を得、自ずと仕官の道も開けてくると考えていた武蔵だったが、それまで信じていたものが崩れ去ったときでもあったといえよう。

刀法においてあくまで孤高を目指す武蔵にとって兵法の高みに限りはない。未だ高みに至らぬ自分が人に教授することなどできないと、自分を厳しく律することは決して誤りではない。とはいえ『惟教学半《いこうがくはん》（惟《こ》れ教うるは学の半ば）』といわれるように人に教えることは自分をも高めていくことでもあるという考えを持たない限り人に教授し、兵法を広めていく日はいつまでたっても来ることはない。この度の試合を通じ武蔵がどのような思いに至ったか定かではないが、これ以降相手を求め試合を挑むことはなくなった。

父忠興は武蔵を召し抱えることはなかったが忠利はどのような手段を用いようと勝利を得ずにはおかない武蔵の姿勢に正邪を超えた武の本質が隠されているのではという思いを捨てきれずにいた。かの柳生石舟斎は上泉信綱に学び、その上泉信綱は松本備前に学んだ。また小野次郎衛門忠明も中条流、富田流の流れを汲む伊東一刀斎の教えを受けた。いずれも先人の築いた技を学んだ後、独自の境地を切り開いていった。ところが宮本武蔵は特定の師について学んだという話は聞かない。彼は念流の始祖といわれる念阿弥慈恩以来、二百五十年かけて先人が営々と築き上げてきた兵法の高みに独力で一気に駆け上がろうとしているのだ。そのようなことができる者は後にも先にも武蔵をおいて他にいないと忠利は思った。

## 六　戦い前夜

### （1）

慶長十九年（一六一四）正月、家康は江戸城の大規模な普請に手をつけた。将軍秀忠の居城となれば諸大名は競って賦役を受けざるを得ない。その年江戸から国元に帰る予定だった肥前佐賀藩鍋島勝茂、出雲松江藩堀尾忠晴、土佐藩山内忠義ら諸大名は帰るに帰れなくなった。幕府は江戸城普請はあくまで徳川家の私事なので、諸大名は参府するに及ばないと触れを出したが、それをまともに受ける大名は誰一人としていない。諸大名が家康の腹の内を探り、互いの動向を気に掛ける中、江戸詰めの忠興から中津の忠利の元へは『急な参府もありうることからいつでも応じられるよう心しておくよう』との連絡が入った。

三月に入ると幕府は様々な理由を付けては諸大名を江戸に集め始めた。忠利の元にも忠興から連絡が入った。挨拶用の土産物や金子の手配は忠興の方でするので、江戸城普請を手伝うため至急来府するようにというものだった。

　当年三十一歳となる忠利は父忠興と交互に江戸に詰め常に情報をやりとりしていたが、その文面から只ならぬものを感じた。

　彼は書状を手にしたまま、小笠原長成を呼んだ。

「明後日、江戸に立つ。準備はできておろうな」

「はい、しかしまたえらく急なことで、戦でも始まりますか」

「そのようなものじゃ、父上から一刻も早く江戸城の普請に手を貸すようにとの連絡が入った」

「城の普請のため？　こ度の普請は徳川家のことなので他家を煩わせるようなことでもないと言われていましたが、とうとう本音が出てきましたか」

「当初言われていたものよりかなり大規模な普請になるらしい。これが我らを江戸に集める口実となる。肥後の加藤忠広殿の祝言も江戸で行われることになったという」

「ということは大坂方と通じる動きを牽制する意味も含まれますな」

「うむ、大坂方も豊臣恩顧の大名に対して何やらしきりに働きかけている様子」

「それを幕府は牽制しようとしているのですな。前田利光（利常）様はじめ、西国では福島正則、池田利隆、浅野長晟《ながあきら》、蜂須賀家政、加藤嘉明、黒田長政、島津家久、さらに東国では伊達政宗、佐竹義宣、蒲生忠郷といった大名への監視が強まることになるのでしょう」

「それに『細川忠興』じゃ」

「よもやそのようなことは……」

「ないとは言えぬ。関ヶ原の役では軍功第一と謳われた黒田長政殿にすら、大御所様は心を許していないご様子だからの」

「それは如水殿が関ヶ原で東軍に与していながら西軍にも通じるような動きをしていたからでは。如水殿が亡くなられてからの長政殿の献身ぶりは、こちらが恥ずかしくなるほどのものでした」

「大御所様は、一度疑いを持たれたら容易には心を許さぬお方じゃ」

「うーむ」

長成は腕組みをして唸った。

「すると当家に対しても幕府は決して心を許していないと考えておられるのですな」

「大御所様はよく『己の隙は相手の邪心を引き起こす』と仰せになり側近の者を戒めると聞くが、決して隙を見せぬことが為政者としての心構えとお考えなのであろう」

「なるほど、『信ずれど、心許さず』ですか」

長成は遥か彼方の山の頂きを望むような目をして再び唸った。

「すると、まずは城普請を口実に諸大名を江戸に集め、大坂方への動きを牽制していくことになりましょうか」

「恐らくは、そういうことになろう」

忠興が家康の寵臣本多正純から至急江戸城普請の手伝いをするのが良いという忠告を受けたことで忠利は他の大名に先駆けて参府することができた。これも日頃から正純に誼を通じていた賜物といえる。それから間もなくして西国の有力大名は次々と江戸に呼び寄せられた。表向きの理由は城普請の手伝いということだった。

忠利が入府すると入れ替わりに忠興が小倉へ戻った。忠利は本多正信・正純親子に挨拶を済ませ、早速江戸城普請に加わった。この時はすでに正信・正純親子の政敵といわれた大久保忠《ただ》隣《ちか》は失脚している。失脚の理由は明らかにされないが、彼は豊臣家に対して理解を示す数少ない譜代であったことから豊臣家との衝突は避けるべきと主張する有力譜代大名は姿を消した。

一方、京の町では六月二十八日に竣工した方広寺に掲げる鐘供養が執り行われた。八月三日には豊臣家念願の大仏開眼供養が、十八日には太閤十七回忌の祭礼が控えている。立て続けに執り行われる太閤所縁の行事を前に京の町は日増しに華やいだ雰囲気に包まれていく。領民は太閤の七回忌のことを未だ鮮明に覚えている。そのとき家康は十二歳の秀頼を補佐しながら執り行ったが、何事も派手好きだった太閤を偲び街中熱狂の渦に包まれ天皇も見物するほど国を挙げての祭典となった。そして今回はそれにもまして盛大に執り行われようとしている。今まで人の流れは江戸に向かう一方だったが次々と祭典が催されるということで商人たちが京、大坂に続々と集まるようになり再び街に活気が戻りつつある。そんな中、七月下旬になって思いも寄らぬ事態が生じた。間近に迫った大仏開眼供養が急遽幕府から延期を命じられたとの噂が立ったのだ。

このことは京に住む興秋の耳にも当然のことながら入ってきた。その情報をもたらしたのは米田是季だった。是季は妹婿の飯河宗信が忠興によって粛正されたことに納得いかず、細川家を出奔し、その後引き寄せられるように興秋の元に来ていた。

「いったい何が起こったというのか。それとも大御所は始めから開眼供養をさせぬつもりであったのか」

「とはいっても大仏殿建立は大御所がお勧めになっていたこと。鐘供養も無事終え、いよいよ大仏開眼供養の段になって延期となれば太閤十七回忌も行えず、豊臣家の面目は丸潰れとなりましょう」

「豊臣家の面目どころか幕府のやり方は太閤殿下への冒とくともいえよう」

「京都所司代板倉勝重殿から大仏開眼と大仏殿供養の延期が通達されたとのことです。当然のことながら秀頼公はじめとする大坂方から板倉殿に強く抗議がなされたようですが、幕府の決定事項だと言うばかりで一向に埒が明かないようです」

「余程の理由がない限り如何に幕府といえども延期を言い立てることはできまい。一体いかなる理由で延期などと言い出したのか」

興秋は力でごり押しするような幕府のやり方に憤りにも似た違和感を懐いた。

大仏開眼供養の祭礼が延期となれば太閤十七回忌も執り行えるはずもない。早急に事態を収束しなければならないが、大坂城内にはこうした事態を収拾できる人物に乏しいようで事態打開を図るため駿河の家康の元に使いが走ったのは、それから半月も経った八月十三日のことだった。大仏開眼供養が行われるはずだった三日はとっくに過ぎていた。この情報は興秋の屋敷に出入りする築山兵庫からもたらされた。

「本日未明、片桐且元殿が南禅寺の文英清韓和尚を伴い駿河の大御所の元に向かったようです」

「清韓和尚が同行するとはどういうことなのか」

「方広寺の梵鐘の銘文を作成したのが清韓和尚ですが鐘に刻印された文の中に大御所様を呪詛する文字が含まれていると見做されたことで、その誤解を解くため同行したようです。そもそものことが祭礼延期の理由だったようです」

「まさかそのようなことが、言いがかりも甚だしい。鐘供養が執り行われた時には何の問題もなかったではないか。これは明らかに太閤の十七回忌を行わせないための口実であろう」

そのとき興秋は九年前のことを苦々しく思いだしていた。家康は決してこうせよとは言わないが自分の意に沿うよう周りを固めていく。忠利の家督相続のときも父忠興が願い出たかのように仕向け興秋を廃した。

「大御所ははじめから大仏開眼供養も太閤十七回忌の祭礼も行わせるつもりはなかったのじゃ。それまでは如何にも祭礼を共に祝うように振る舞い、いざという段になって掌を返す。それも最も豊家に打撃を与える時期を見計らって」

「太閤の供養の式典まで阻まれそのまま引き下っては豊臣家の面目は立ちますまい」

「とはいえ幕府の意向を得ずして式典を強行すれば大御所の思う壺となる。相手を怒らせ事を起こそうとするところをすかさず討つというのが大御所の常套手段なのだ」

興秋の言うように老練な家康の策略に若い秀頼を擁する豊臣家臣団が翻弄されているといえる。興秋には家康が豊臣家に揺さぶりをかけ事を起こさせようとしているように思えてならなかった。

秀頼の周辺は家康が征夷大将軍となり、武家の棟梁になったときですらさほど焦りの色は見せなかった。家康は豊家の一宰相との思いが依然としてあったのだ。それから僅か二年後、秀忠が将軍職を受継ぎ将軍職が徳川家の世襲となる流れが明らかになったときも、表立った行動には出なかった。というのもそれに先立つ四日前、秀頼は右大臣に昇任し近々関白宣下もありうるとの期待を持っていたからだ。関白となれば天皇に最も近い立場となり、勅使を戴けば将軍をも従わせることも可能となる。しかし家康が秀頼をそのような地位に就けさせるはずもない。

秀忠が将軍に就任した時家康は秀頼に二条城に出向き挨拶するよう求めた。それを聞いた生母淀君は激怒し秀忠が大坂城に出向いて挨拶するのが筋だと使者をしかりつけ追い帰した。秀頼もまた病と称して出向くことを拒んだ。すると家康はすぐさま六男忠輝を秀頼の元に見舞いに行かせ、事を荒立てぬよう取り繕った。家康はこの強気とも弱腰ともつかない対応の中で、豊臣家の出方を見極めていたともいえる。

秀忠が武家の棟梁となったとはいえ秀頼やその近習は決して風下に立ったとは思っていな

い。難攻不落の大坂城に居る限り求心力は落ちることなく秀吉恩顧の大名に声を掛ければいつでも政権を覆せると思っているのだ。それでなければ秀吉との約束を反故にし、成人になっても政権を秀頼に渡そうとしない家康に対して無為でいられるはずもない。この楽観的見通しは、ある意味家康にとって厄介なものだった。

当年二十二歳の秀頼にとって何よりもの武器は家康には無い若さといえる。それは七十三歳の家康の最も恐れるところだ。秀頼が無為無策なだけならそれはそれでよい。一大名として豊臣家を大坂城から他に移し存続させていけばよい。しかし朝廷が徳川、豊臣両家に秋波を送り両家を競わせてその仲立ちとなり己の存在意義を高めていこうとする動きがある限り、家康亡き後、秀頼が勅使を得て西国大名に号令を掛けるとも限らない。そうなれば豊臣家の元に集まる者はいくらでも出るだろう。家康はそのことを恐れているのだ。

## (2)

駿府に二十日余りも留まり打開策を探っていた片桐且元だったが、思うような成果は得られなかったのか大坂城に登城した後、持城である摂津茨木城へ籠ると大坂にある且元の屋敷が豊臣方によって取り壊しにあった。十月一日のことだ。この知らせを興秋は是季と共に聞いた。

是季はこのところ毎日のように興秋の元に顔を出していた。

「どうやら片桐殿は身の危険を感じて茨城城に逃げ込んだようだな」

　興秋の言葉に是季も頷いた。

「駿府では大御所様と会うこともできなかったと言われていますが、大御所様の意向は何らかの形で片桐殿に伝えられたはずです。そのことを秀頼公に報告した結果こういうことになったとすれば、その意向は豊臣方にとって受け入れがたい内容だったに違いありません。あるいは大御所様の意向を伝えた片桐殿も徳川の同調者ではという疑いを掛けられたのかもしれません」

「その片桐殿が襲われたということは、大御所様の意向を拒絶したに等しい。これはただでは済むまい」

　興秋の予想は果たして的中した。家康は京都所司代板倉勝重から片桐屋敷が襲撃されたとの報告を受けるとすぐさま近江・伊勢・美浜・尾張三河・遠江・美濃へ出陣の触書きを出した。それを知った浅野長晟《ながあきら》（和歌山）、鍋島勝茂（佐賀）、山内忠義（土佐）、小出義英（岸和田）、稲葉典通（臼杵）、中川久盛（岡）・蜂須賀至鎮《よししげ》（阿波）といった西国大名はすぐさま出陣を願い出た。兄幸長が昨年八月に逝去し家督を継いだばかりの長晟の浅野家は、秀吉の正妻高台院の実家にあたることから豊臣家から離反することはまずないだろうとみられていたが真っ先に徳川方として名乗り出たのだ。

豊臣方に戦も辞さずという思いにさせた家康の意向とはどのようなものだったのか。家康は片桐且元に対面することはなかったが、本多正純をしてその意向を伝えさせていた。その内容とは、

一、秀頼が江戸に居を移す
一、淀殿を人質として江戸に送る
一、大坂を国替えする

のいずれかを選ぶというものだった。しかし、どれ一つとして豊臣方が受け入れられるような内容ではなかった。大野兄弟は片桐且元がそのような条件を持ち帰ったのは徳川方に通じたからではないかという疑いをもったのだ。それがきっかけとなり大坂方は動いた。秀頼が西国大名たちに勧誘状を発したのだ。ところがそれを受け取った西国大名はこぞってそれを家康に差し出した。山内忠義などは秀頼からの書状を封も切らずに差し出した。家康はこれらの申し出に大層満足し、それぞれの領国に帰って軍勢を整えておくよう命じる一方で伊達政宗、上杉景勝、佐竹義宣ら東国の武将に出陣を命じた。

一方、秀頼は西国大名だけでなく関ヶ原の役で改易された浪人衆までに勧誘状を発した。そ

れは万が一、事が起こったあかつきには味方せよというものだった。改易された多くは徳川の世が続く限り二度と表舞台には立てない者たちだ。声が掛からなかった者たちも灯火に引き寄せられる羽虫のように厳しい警戒網を潜り大坂城に入っていく。彼らは豊臣家が浪人を集めていることを聞き食い扶持を求めて行くのだ。今や豊臣家と幕府との対立は避けられないと誰もが肌で感じていた。

十月上旬、興秋のところへ秀頼の使いとして河村直助と竹内隼人という者がやって来た。二人は大野治長に仕えているという。二人は上座に据えた三方の上に秀頼の内書を奉ずると廊下まで下がり着座した。興秋は三方の処まで進み出て一礼して内書を手にした。それはたっぷりと墨を含んだ筆で書かれた秀頼直筆のものだった。祐筆が書いたものに秀頼が花押を記したものだろうと思っていた興秋は内心驚かされた。自分のような者に秀頼自ら筆を下ろすとは考えてもいなかったからだ。

内容は「直ちに大坂城に入り予を助けよ」という簡素にして率直な内容だ。興秋は文を掲げ一礼して三方に戻すと向き直り使いの者を部屋の中に招き入れた。河村直助は、

「家康殿が太閤殿下と交わした約束を反故にし天下を盗み取ろうとしています。右大臣は正道に戻すため西国大名や有力武将に声をお掛けになっておられます」

こう言って支度金として黄金二十枚を差し出した。

「右大臣のお声掛かりとなれば福島正則殿、島津久家殿、浅野長晟殿、蜂須賀至鎮殿らは必ず大坂方にお味方することでしょう」

力を込めて言う直助の言葉に頷きながらも興秋はその可能性は極めて低いと思った。

家康が豊臣家に理不尽な言いがかりをつけて窮地に追い込もうとしていることにかねてより強い反感を抱いてはいるが今の興秋は何の力もなく秀頼に力添えできる立場にはない。しかし少なくとも秀頼の心中は察することはできる。

(秀頼公は孝心により父太閤の祭礼を催そうとしたはずだ。大御所はそれに言い掛かりをつけ公の怒りを誘発させ窮地に追い込もうとしている。他のことなら戦を避けるため引き下がることもあろうが事が親の供養に関わることだけに意地でも引き下がることはできないのだろう。大御所はそこを巧みに突き自滅の道を辿らせようとしている)

興秋はこう思った。かつて興秋も定かな理由のないまま家督を奪われた苦い経験がある。そのとき家康の意のまま父の命ずるまま従っていればそれなりの処遇はされただろう。とはいえ武士の意地というものがある。幕府の意向には従わざるを得ないと分かっていても感情において受け入れられないこともある。豊臣家もまた今の状況において徳川家に対抗し得る力は到底ないことは誰もが承知しているはずだ。ところが生前太閤が家康に言い残したという「秀頼が成人したあかつきには天下を返す」という約束が枷となり家康の風下に立つことをどうしても受け入れることができないでいるのでは、と興秋は推測した。

大坂には未だ豊臣家が主家で徳川家は家老であり政権は秀頼が成人するまで預けているだけだという意識が残る。しかしそれはあくまで秀吉が立てた五大老、五奉行という合議制が前提にあってのことだ。今やその体制は跡形もなくなった。豊臣家中の誰もがそのことに気付いてはいるが、徳川家の下につくことが生き残りの道だと説くものは一人としていない。

とはいえそれは必ずしも豊臣家中の不見識よりくるものとはいえない一面もある。家康が政権を手放さないとはいえ豊臣家に対して敵意を抱いている様子は一切見せなかったからだ。豊臣家中で家康を忌み嫌う者は多いが、一方でよもや家康が豊臣家に刃を向けるようなことをするはずもないと思っている節がある。確かに大仏開眼供養に横槍を入れてきたが、それはあくまで祭礼を行うにあたっての不手際を指摘したものだと考え、その誤解を解くため奔走しそれ以上深く考えることはない。また中には、

「今は徳川の武威が盛んとはいえ、かつて太閤殿下のご恩を受けなかった西国大名家は一人としておりませぬ。ひとたび右大臣が軍令を発せられれば皆先を競って馳せ参じることでしょう」と、このような追従を言う者もいる。

興秋は豊臣家に肩入れする気は更々ないが、かねてより家康のやり方に反感を抱いていたことに加え、かつて秀吉の小姓として仕えていたこともあることからともすると豊臣方の立場に立って考える節がある。とはいえ豊臣方は幕府に対して余りに不用意と思えることが多すぎると感じていた。徳川幕府が樹立した今、豊臣家が大仏開眼供養と太閤十七回忌の祭礼を大々的に催そうとすることが如何に危険なことであるかを認識していなかった。それどころか太平の世を願う祭礼で徳川家と共に寿ぐつもりでいた様子もうかがえる。しかし家康にとって祭礼が催されることは天下に二つの権威が並立することを認めることになるという危惧を抱いていたはずだ。今回の祭礼には帝を除く主だった公家衆はすべて参列することになっていた。そのような祭礼が豊臣家の手によって為されるということはまさに徳川家に対抗しうるもう一つの権威が存在することを国内に示すことになる。それだけではない。これを機に、

「太閤殿下との約束に従い家康は成人した秀頼公に政権を返上すべき」

という声が上がらぬとも限らない。むしろ豊臣家にはこうした声が上がるよう何かと煽ってきた節も見受けられる。それに気づかぬ家康ではない。太閤の霊を弔うため多くの寺社を建立し大仏の鋳造を行うことで太閤を偲び太平を願うはずのこれら一連のことが今、豊臣家の禍の種になろうとしている。

（秀頼公は方々にお声を掛けられ大坂城に入城せよと仰せだが、我らのような浪人をかき集めたところで大した戦力にはなるまい。まさか本気で徳川方と一戦交えるつもりとも思えぬが）

興秋には秀頼の覚悟のほどが分かりかねていた。

（秀頼公は将軍秀忠様の娘千姫を娶っていることから今や豊臣家と徳川家は姻戚関係にある。このまま徳川家の将軍職を認めれば少なくとも別格の大名という地位は保てるはずだ。徳川と対抗したところで万に一つの勝ち目もないことは誰の目から見ても明らかだ。ところが秀頼公は大坂城に浪人どもを集めている。浪人衆に声を掛けているということは豊臣恩顧の大名にも声掛けをしているに違いない。わしは豊臣家に恩義があるわけではないが秀頼公は唯一わしの存在を認めてくださったお方であるということだけは確かだ）

秀頼の内書はこのまま床下の虫のように人知れず一生を終えるのかもしれないと思っていた興秋の心を大きく揺さぶった。

（3）

豊臣家の使いが帰った後、興秋は米田是季を呼び秀頼の使いの要件を話した。是季はかねてより興秋が如何なる道を選ぼうと行動を共にすることを誓っている。細川家を出奔し京に移り住んでいる者たちも行動を共にするだろう。興秋は治長の使いが持参した黄金を全てその者たちに分け与えるよう命じた。その夜興秋は娘が寝付いたのを見計らって福を呼んだ。福は娘の寝る部屋をそっと出て居間へ入ってきた。興秋は書架を脇に押しやりおもむろに口を開いた。

「福、そなたに話がある」

「はい」

福は興秋の傍らにあった湯呑を盆に戻すとやや緊張した面持ちで興秋を見詰めた。

「そなたは今までよう尽くしてくれた。心より礼を言う」

「まあ、何を仰るかと思えば」

福は屈託のない笑顔を見せた。

「お福……」

興秋は改まってもう一度言った。福の表情に一瞬戸惑いの色が浮かんだ。

「離縁してくれぬか」

福は突然ともいえる興秋の言葉に一瞬目を見開いた。それでもうろたえる様子は見せなかった。

「如何なされたのです。何故急にそのようなことを仰るのですか」

「訳は言えぬ。わしは姿を消す。向後わしは死んだものと思ってくれ」

「おかしなことを仰います。仮にも縁あって夫婦となったのです。離縁するというのならその訳をお聞かせください」

「訳を話さぬのはそなたたち母子のためなのじゃ」

「今日お見えになったお客人が関わっているのですか」

さりげない口調ではあるが福は興秋の心中を見抜いているかのようだった。

「それは知らずともよいこと」

「姿を消すとは大坂城にお入りになるおつもりですか」

興秋は一瞬顔が強張った。

「何故そう思う」

「お客人は大野治長様のご家来衆と申されていました」

「そこまで分かっているのなら何も言わずに離縁してくれるな」

お福はゆっくり頭を横に振った。

「あなた様はお城に入り戦をなさるおつもりなのでしょう。もしもそうであれば戦に出る主人を見送らぬ妻が何処におりましょう」

戦となれば十中八、九勝ち目は無い。大坂城に入ることを知ったら福は一も二もなく反対するものと思いそのことを隠し通そうとしていた。敗れれば興秋は謀叛人となり福の身にも災いが降り掛かる。それを避けるには離縁するしかないのだ。無論兄忠隆（無休）にも黙って姿を消すつもりでいる。忠隆からは祖父幽斎亡き後、何かと経済的援助を受けてきたが、大坂城に入ることを知っていたとなると後でどんな嫌疑が降り掛かるやもしれないからだ。

今に思えば興秋は細川家を出奔してからというものこの日のため長い道のりを歩んできたともいえる。出奔した当初は己を受け入れる処が必ずあるものと信じて疑わなかった。しかし細川家を出た興秋にとって一気に四方の壁が閉ざされたかのように世間が狭くなった。黒田家に身を寄せていたときも決して粗略にされたわけではない。しかし進んで興秋と交わりを持とうとする者はいなかった。京に住むようになってからも昔交わりのあった者とは簡単には会えなくなった。たとえ会えたとしてもどこかよそよそしく深い付き合いを避けようとしていることがあからさまに感じ取れた。元より興秋は他家に仕官する気など毛頭ない。それは身を落すように思えたからだ。そんな興秋をわざわざ招き入れようとする者もまたいなかった。

まるで迷路に踏み込んでしまったかのように新たな景色が見えてこない。そこから一歩足を踏み出そうとしても光の見えない路が延々と続く。後ろを振り返ると今まであったはずの道も消えている。あたかも更けゆく夜道で手にしていた松明の火が消えていくような日々が続いた。

そうなると関ヶ原の役で立てた功もどこまでが己の力によるものだったのかと疑わしく思えてくる。関ヶ原の役の功を誇り、武将としての資質は人より優れていると思う一方で弟忠利が何の戦功もなく跡継ぎになったことに不満を抱いたことまでも果たして正しかったのだろうかという気にすらなってくる。乱世であればたとえ出奔したとしても自力で道を切り開く機会はいくらでもあった。しかし徳川の世となった今、一度道を外れた者は寄る辺を失った小舟に等しい。この状況から抜け出るには今一度世の中が乱れるのを待ちその波に乗るしかないが、徳川体制は日一日と固まっていく。

そんな迷いの中にあった興秋の心を慰めたのが福だった。娘が産まれてはじめて人並みの幸せを感じた。福や娘のためにいっそのこと兄忠隆のように武家社会に背を向け閑雲野鶴《かんうんやかく》を友にして歌や茶の世界に住む生き方をしてみようかと考えたこともあった。しかしそんなとき決まって頭に浮かぶのは飯河宗信ら死んでいった者たちの顔だった。宗信親子は興秋の出奔が元で非業の死を遂げた。その後興秋に心を寄せていた家臣の多くが粛正された。難を逃れ出奔した者たちが興秋を頼り今では京の町に移り住んでいる。この者たちに背を向け自分一人が安穏と暮らしていくことなどとてもできない。

(このままではわしを廃嫡した父やそれを煽った大御所に一矢報いるどころではない)

そんな思いを懐き悶々と日々を過ごしているとき思い掛けなくも右大臣豊臣秀頼からの誘い

が舞い込んできたのだ。興秋は家を出奔して以来はじめて己の存在を認める人物に出会ったといえる。こうした興秋の心中をお福は察していた。

「あなた様が大坂方にお味方なさるというのであれば、福は武運をお祈りしてお待ちしています。戦に勝利なされ凱旋するところが無いとなれば空しいことになりましょう」

こう言った福だが万が一にも大坂方に勝ち目が無いことを承知しているはずだ。

「済まぬ」

興秋はその言葉に万感の意を込めた。

## (4)

江戸では大坂以上に動きが激しくなっていた。忠利の元に小倉の忠興から宛書状が届いた。大坂と手切れとなった今、国元との書状のやり取りはあらぬ疑いを受けるとも限らない。それでもあえて書状を送ってきたということは、只ならぬ事情があるに違いない。

逸る心を抑えて封を切った忠利は読み進めていくうち背中に刃を突き立てられたような衝撃を受けた。そこには次兄興秋のことが書かれてあった。

『興秋大坂方に一味した疑いあり。これ我家の存亡に関わること故、忠利殿は速やかに大御所様に出陣を願い出、当家に異心無きことを示されるよう申しつくる

忠興花押

忠利殿

』

忠利は我目を疑い何度も文面を読み返した。次兄興秋が大坂方についたということは、出奔した身とはいえ、細川家に関わりないとは言いきれない。「何故豊家に」という疑問がわく一方で、有り得ることだという気持ちも捨て切れなかった。興秋が出奔したときも細川家は大揺れに揺れたが、今度はそれとは比較にならない程深刻な出来事といえる。父忠興の実子が幕府に対し公然と反旗を翻そうとしているのだ。

忠利はこの報が何かの間違いであって欲しいと願った。しかしこのまま手をこまねいている訳にもいかない。一つ間違えれば祖父幽斎から築き上げた大名の地位が一瞬にして崩れ落ちることになるのだ。かといって父忠興の言に従いに出陣を願い出たところで興秋の大坂城入城の事実を消し去ることができるわけでもない。忠利は人払いし部屋に籠り考えに耽った。

冬の日は短い。陽は一気に山の端に隠れ風が舞ってきた。今まで上空を滑るように飛んでい

た鳶の姿はいつしか消え、ねぐらに向かう鳥の群れが夕映えの空に映し出される。刻一刻と暗くなっていく部屋の中で、忠利は一心に思案していた。

興秋のことを思うとフッと何故か小さい頃、丹後の野山を駆け巡った日々が目に浮かんでくる。長兄忠隆とは年が離れていたので共に遊んだ記憶はほとんど無いが、二歳違いの興秋とは常に一緒だった。興秋は気性が激しかったが、病弱だった忠利を常に気に掛けてくれていた。ある日竹林で切り株を踏みつけ歩けなくなった忠利を興秋は屋敷まで背負って帰ったことがあった。何故そのようなことが今になって想い出されるのか自分でも不思議だった。

父忠興の文には興秋に対してどうせよということは何一つ書かれていない。興秋が大坂城に入城してしまった以上、手の届かないところに行ってしまったということもあるが、細川家の存続に関わること由自ら考えよということなのだろう。

夜の帳が下りてきた。忠利は障子を閉めようと立ち上がった。西の空に一片の雲が浮かび微かな陽の光を映している。突然、屋根の上から鳥の群れが飛び立つ羽音が聞こえた。見上げるとそれは黄昏の空を埋め尽くすほどのくぬぎの葉だった。まるで風が起こるのを息を潜めてじっと待っていたかのように無数の枯葉が風に舞い闇夜に消えていく。忠利はその様をじっと見つめていた。

忠利は障子を閉め、灯明に灯をつけた。明かりは左右に揺れながら時には大きく、時には小さくなりやがて一定の長さとなって部屋の片隅を照らした。忠利は灯明の光をじっと見詰めながら考えに耽った。しかし考えれば考えるほど何故か成人した興秋の顔でなく幼い頃の顔が浮かんでくる。かと思うと突然、二重八重に取囲まれ槍を突きたてられ血まみれになった兄の姿が目に浮かぶ。忠利はまんじりともせず一夜を過した。しかし夜明け前には覚悟も決まった。早朝、忠利はわずかな供ぞろいで駿府へと向かった。

江戸の藩邸から駿府までは四日かかるところ忠利は二日目の夕刻には到着した。突然の来訪に側近の本多正純は驚きを隠さなかった。正純は家康の知恵袋と称される父正信に劣らぬ知謀を備えその権勢は今や並ぶものなしと言われている。この正純の助言で忠興は忠利を江戸城普請にいち早く出向かせ家康の心証をよくしている。

今回のことも事情を話せば家康に取り次いでもらえるものという期待を忠利は持っていた。忠利は大坂城に入った兄興秋を討つため先陣に加わる許しを家康から得たいと申し出た。この申し出を聞くなり正純は大きな目を細め困惑した表情となった。太い鼻柱と口元には薄い髭を蓄え、頬骨が張り厚い唇は固く結ばれている。傲岸にも見える風貌に似合わず神経質そうにまばたきする癖がでた。正純は目を閉じ考え込んだ。忠利は固唾をのんで正純の一言を待った。

やがて正純は目を開け、こう切り出した。

「興秋殿はすでに出奔した身、すでに細川家には関わりの無いお方と存ずる……　それに果たして城に入ったのが興秋殿なのか……」

それは当然ともいえる疑問だった。

「大坂の様子に詳しい者から父忠興の元に知らせが入ったのです。万が一にも間違いはないと存じます。父は大坂の様子を探らせ本多殿にも連絡をとっていたと聞いております」

「うむ、確かに連絡は頂いている。しかしこの正純も駿府で昼寝をしている訳ではない。我らも大坂の様子については探らせている。しかし今のところ興秋殿が入城したという知らせは入っていない」

正純は決して嘘を言っている訳ではないだろうがここで引き下がり後になって興秋が入城していたことが事実だったと知れれば、そのときどんな嫌疑を掛けられるか分からない。

正純は目をしばたき一度忠利から目を外し、再び正面を向いてこう言った。

「細川殿は先陣を承りたいと申されたが、大御所様は先陣については譜代の臣と東国の武将に任せるお考えじゃ」

「西国の者には先陣を許されぬと申されるのですか」

「大御所様はこ度の戦には、西国の大名を前衛に出すまでも無いとお考えなのじゃ」

「これは何とも心外なるお言葉、それでは西国の者が興秋同様大坂方に内通すると言わんばかりではありませんか」

「そうではござらぬ、これは大御所のご慈悲と考えられぬか」

「ご慈悲と仰せられますか？　これは異なこと、この忠利が信じられぬと聞こえ申す」

「お分かりにならぬか、太閤に恩義のある西国の方々は大坂城に刃を向けにくいであろうとの大御所様のご配慮じゃ」

「お気持ちは有難く存じますが、元より我らは秀頼公に刃を向けるのではありませぬ。秀頼公は将軍家の姫をお迎えになったお方。大御所様も秀頼公を討つとは決してお考えにはなっておらぬはず。討つべきは大坂城に入りこんだ浪人供とそれを煽動する大野兄弟。それら浪人の中に兄興秋が紛れ込んで幕府方の兵を討つようなことがあれば、我ら細川一門は大御所様に申し訳が立ちませせぬ。この際、何としてでも兄興秋を見つけ出し討ち取る覚悟故、何卒、大御所様にお取り次ぎくだされ」

　忠利は言葉を尽くして申し入れしたが正純はなかなか首を縦に振ろうとはしない。多忙極める今の家康の耳に入れるには些末なことと見なしているようだ。

「西国の方々には国元で軍勢を整え待機するよう命が下されておる。越中殿（忠興）にも同様のお達しが届いているはず。忠利殿も藩邸に戻り指示をお持ちになるがよろしかろう」

「細川家への命は命として慎んでお受けいたします。しかしながら本日私が参ったのは、この忠利を一兵卒としてでも先陣に加えていただきたいとのお願いにございます」

「なに、一兵卒として？」

正純は忠利を覗き込むようにして見た。忠利の本音が何処にあるのか探るような目付きだ。

「何ゆえそこまでこだわりなさる、大御所様のご指示を待つのが国を預かる者としての勤めでありましょう」

「兄の不始末をすすぐためでございます、どうかその機会を与えてくだされ」

忠利はただひたすら先陣に加わることを家康に願い出たいと言い、正純はあくまで家康の指示を待てという。ここまで来ると押し問答の様相を呈してきた。しかしこの機を逃しては興秋の大坂入城などという些末なことは家康の耳に入ることはないだろう。たとえ耳に入ったとしてもそれは戦の終わってからのことだろう。しかしそれでは意味をなさない。興秋一人の動向は今でこそ些細なことだが、細川一門の中から幕府に叛いた者を出したということは後々家を揺るがす大きな問題となりかねない。忠利は何としてでも家康に会わねばならなかった。

## ⑸

一歩も引かぬ忠利に正純は辟易した様子だったが、しばらく思案した後こう言った。

「分かり申した。そこまで申されるなら、お取り継ぎいたそう。しかしながら陣立てについて口を挟むことは断じてなさらぬよう。ここはそう、江戸城普請に一区切りついたので帰国報告のご挨拶とするのがよろしかろう。いつもながら此度の細川家の働きに大御所様も喜んでおられた故」

「かたじけない」

忠利は正純に深々と頭を下げた。

正純は奥に入っていき、しばらくして戻ってきた。家康の許しが下りたのだ。

忠利は緊張した面持ちで正純の後に従った。家康は西縁から中庭が見渡せる居間の奥に居た。小机には何枚もの絵図が重ねられ、名前らしきものが綴られた書類が折り畳まれて置かれている。恐らく大坂周辺の絵図面と、陣立てのための名書きなのだろう。家康は忠利の姿を認めると手にした図面を小机の上に置きそれを脇に寄せた。忠利は部屋に入ることを遠慮し敷居の手前で両手を付いた。

「これは忠利殿、江戸城の普請には真先に駆けつけ精を出してくれたそうじゃの、礼を申すぞ」

「もったいないお言葉」

「いやいや、越中殿同様、いつもながらの忠義、有り難く思っておる」

「恐れ入ります」

「これからもよろしく頼み入る」

こう言うと家康は机の上に置いた地図を再び手にしようとした。余程取り込み中だったらしい。そこを正純は挨拶だけとでも言って対面の許しを得たようだ。しかし挨拶だけで終わっては何の意味もなさない。忠利は無礼を承知でひと膝進めて言った。

「大御所様、実は折り入ってお願いしたき儀があります」

「……」

家康は忠利に目を向けることなく図面を手にし広げようとした。

(大御所様が絵図を広げてしまったら、ここにいることは許されない)

忠利はすかさず言葉を繋いだ。

「この忠利を先陣の端にお加えください」

絵図を手にした家康はいぶかし気に忠利の方に目を向けた。

「面目ありませぬ。興秋が大坂城に入りました」

忠利はいきなり両手をついてこう言った。

「興秋とはそなたの兄のことか」

「はい、次兄にございます」

「しかし興秋は細川家から出奔した身ではなかったのか」

「如何にも、それ故、せめて首は我手で討ち取りたく存じます」

「興秋の首をそなたが……分からぬ、分からぬぞ、何故縁の切れた兄の首をそなたが取らねばならぬのじゃ」

「興秋は私が家督を引き継ぐことになったことで出奔いたしました。兄が大坂城に入ったは決して幕府に弓引くためではありませぬ。兄は細川家に、いえ、私に戦いを挑んでいるのです。これは私闘です。公の場を借りた私闘なのです。このような本末転倒なことをする者は、兄といえども許すわけには参りませぬ。どうかこの忠利を先陣の端にお加えください。一兵卒となって真っ先に兄興秋を探し出し討ち取りたく存じます」

家康は手にした絵図面を再び小机の上に戻し、反対側の脇息を手元に寄せた。

「興秋が大坂に入ったは幕府に弓引く訳ではないと申すか」

「御意にございます。なればこそ幕府軍を一人たりとも捲き込みたくはないのです。きっとこの忠利、誰よりも早く興秋を見つけ出し、討ち取ってみせます」

「興秋はそなたとの戦いの場を求めて入城したと申すか……」

「はい、それに相違はありませぬ」

「ということは、興秋は細川家が必ずや幕府軍として前線に立つに違いないと見ていることになるの……」

家康は独り言のようにつぶやいて中庭の方に目をやった。

「そなたは兄が他の者に討ち取られるのが忍びないのであろう」

「いえ、ただただ幕府軍の中から兄の手に掛かる者を出したくはないという一心からでございます」

「よいよい、その辺の機微を分からぬ家康と思うてか……」

家康は遠くに目をやり、深い溜息をついた。そして小さく頷くと忠利の方に目をやった。

「その方の申すことしかと分かった。さすが越中の子だけのことはある。その態度神妙である。よい、先陣に加わることを許す。本多忠朝の軍に加わるがよい」

「有難き幸せ、御礼の言葉もありませぬ」

忠利は床に額がつくほど低頭した。

その肩越しに家康がポツリと言った。

「……それにしても興秋には不憫なことをした……　先に出奔していた興秋の養父興元については お主の父と和解させ、今では将軍家の元に仕えさせているが、あやつも関ヶ原の役では越中の元で功を揚げた気骨ある武将であったが」

「……」

忠利は両手をついたままじっと家康を見上げていたが、その言葉を聞くと突き上げるような得体の知れない感情が込み上げてきた。忠利は家康の前で肩を震わし、うめくように言った。

「兄は馬鹿でございます！　大馬鹿者でございます！」

今まで抑えていた感情が津波のように次から次へと押し寄せてくる。忠利は歯を食いしばり感情の高まりを抑えようとしたが体の震えは止まらなかった。

家康は最早、図面を開こうとはしなかった。片手を文机に乗せたまま忠利の感情が収まるのをいつまでも待っていた。

十月六日、忠利は駿府の家康に出陣の挨拶を済ますと、江戸城普請のために呼び寄せていた三百の家中の者を率い大坂に向かった。本隊となる忠興の軍勢四千は小倉に留まり島津勢が上坂するのを監視するよう命じられた。太閤恩顧の大名は万一の場合を考え戦場には近づけようとしない家康の用心深さが透けて見える。家康は日頃から信頼を寄せる相手といえども、戦となれば警戒を怠ることは決してなかった。

福島正則（広島）、加藤嘉明（伊予）、黒田長政（福岡）の三名は江戸に留められた。福島正則は秀吉恩顧の大名から秀頼を粗略にはしないという誓詞を取り付けたり、家康に憚ることなく秀頼の元に挨拶に行くなどしていることから警戒されるのは当然のことといえる。一方、加藤嘉明は徳川家に叛くことなど万が一にも無いと見られているが、律義な性格だけに情に訴えられると断りきれずに豊臣方に加担するとも限らないと見られたのだ。黒田長政は関ヶ原の戦いで家康から軍功第一と賞され筑前藩五十二万石を与えられたが一方で父如水が九州制覇の野望をあからさまにしたことがあったこともあり家康に警戒されたのだ。

家康は長政を江戸に留めるだけではなく、嫡子忠之の召集を命じた。未だ十三歳の忠之はそのとき流行り病（チフス）にかかっており、無理に動かせば途上で病死しかねない容態だった。しかし従わなければこれから先、どのような禍が降り掛かるかしれないと考えた長政は家康の命を謹んで受けた。黒田家は命懸けの忠誠心を試されたのだ。

大坂城周辺は厳重な警戒網が張り巡らされていたが、豊臣家から誘いを受けた武将は身なりを替え、警戒の間隙をぬって入城した。長曾我部盛親、毛利勝永、大谷大学、増田盛次、氏家行広、明石全登《てるずみ》、後藤又兵衛、塙団右衛門らが入城していた。氏家行広は興秋の妻福の父宗入の兄だが、荻野道喜と名を変え大坂城に入った。関ヶ原の役で西軍に付き敗れた後は浪人の身となっていたのだ。真田信繁が入城したのは主だった諸将の中では最も遅い十月十日のことである。

# 七　大坂の陣

## （1）

大坂城に入城した多くは関ヶ原の役で敗れ行き場を失った者たちといえる。元大名の地位にあった真田信繁、長曾我部盛親、毛利勝永らに加え、宇喜多家家老として四万八千石を領していた明石全登《てるずみ》、黒田長政の重臣として一万六千石の大隅城主だった後藤又兵衛らは軍議の場に招集されたが、興秋に声が掛かることはなかった。興秋は細川家の跡取りと目されていたこともあったが、若くして出奔したため関ヶ原の役以外に誇れる実績はこれといってなく、動員できる人数も米田是季や京都の町中に点在していた細川家旧臣くらいと少なかったことからそれほど重くみられなかった。それでも家老大野治長は興秋の入城に同調する者が出るのではという期待を抱き、彼を弟治房の属将として組み入れた。興秋は長岡姓ではなくあえて細川の姓に戻した。それは本来ならば自分こそが細川家の正統となるべき者だったという自負によるものともいえる。

興秋は西の丸北面の陣に配置された。その陣営に入って間もなくして思わぬ人物が現れた。食い散らかしたような口髭と顎髭を蓄えた六尺余りの武将が幔幕をくぐって現れた。その大漢《おおおとこ》は後藤又兵衛基次だった。又兵衛とは関ヶ原の役以来となるから十四年ぶりの再会となる。風貌は昔と変わりなかったが、さすがに白いものが目立つようになっていた。

「細川興秋殿がおられると聞き参上した。後藤又兵衛基次にござる」

「これは後藤殿、お懐かしい」

「関ヶ原の役以来でござるの」

又兵衛は大きな眼を見開き陣屋に入ると差し出された床几にドッカと腰を下ろした。彼は以前、黒田長政の元を出奔し豊前藩主の父忠興の元に身を寄せていたことがある。そのとき長政が身柄を引き渡すよう迫ったが、忠興は応じることなく船を手配し生国の播磨に帰した。それは興秋が細川家を出奔して一年ほど経っての出来事だが、興秋に対しても親しみを感じているようだった。

「拙者が忠興殿を頼って豊前に入ったときすでに興秋殿は家を出られていた。その後、ご苦労されたことであろう。したが、互いにこうして働く場を得ることができた。これも皆秀頼公のお陰、存分に働きご恩に報いようではないか」

こういう又兵衛も一時は生活に困窮し伊勢方面で物乞いをしていたこともあったとの噂がある。彼はなによりも戦場で働けることを喜んでいるようだった。

「拙者は二の丸を守備しているが、遊軍も兼ねておる。徳川勢が攻めてくればいつでも迎え撃つ用意はある。敵が攻め込んできたら真っ先に打って出て蹴散らしてくれよう」

又兵衛は豪快に笑ってから急に真顔となって尋ねた。

「して興秋殿はどのように戦われるお考えじゃ」

「三百の兵を預けられここ西の丸北面の陣を任されていますが、いつでも打って出る準備は怠らぬつもりです」

「西の丸の総指揮は大野治房殿だが、こう奥まったところでは敵の様子が分かりますまい。興秋殿ともあろう方が、このような所にいては存分な働きができますまい。ここだけの話だが……」

こう言うと基次はギロリと周囲を見回してから言った。

「治房殿に限らず大野兄弟は戦の仕方を知らぬ者たちですぞ。そのような者の元にいる限り存分な働きは望めませぬぞ」

又兵衛は小声で話しているつもりなのだろうが、その声は周囲の者達にも十分届くものだった。しかしそのようなことは一向に気にする様子もない。又兵衛は徳川勢攻略の策について辺りをはばかることなく語った後、大股で自軍の陣営に戻っていった。

もと大名だった者から日々の食い扶持にも窮していた者まで含め九万余りの浪人が大坂城に集結したが、豊臣恩顧の大名の中で秀頼の呼びかけに応じる者は一人としていなかった。こうなると頼る者は浪人衆だけとなるが、竹流し金を目当てに集まってきた彼らをどこまで信じてよいか豊臣譜代の重臣達は迷っていた。急ごしらえの軍であることから、東軍の間者も多く紛れ込んでいると考えなければならない。名の通った武将の中にも徳川幕府に通じていると思われる者もいるはずだ。

毛利勝永は豊前小倉で六万石を有した父勝信に従い関ヶ原の役で西軍に付き、敗戦後、土佐の山内家に預けられていた。塙団右衛門直之は主家の加藤嘉明と不仲となり諸国を転々としていた。真田信繁は関ヶ原の役で父昌幸と共に西軍として戦ったが、敗れて九度山に幽閉の身となっていた。こうした者たちに対してすら東軍に通じているのではないかという疑いの目で見る者も中にはいる。このような浪人衆を束ねて戦力とするには、余程力量のある者でなくては務まらない。統率できなければ単なる烏合の集となり各個撃破されかねない。

味方ですら信用できない状況の元で幕府軍と戦うことなどおぼつかないといえるが、それ以上に興秋が違和感を覚えるのは戦に備え九万もの浪人を集めたというのに何故か豊臣方重臣たちに徳川方に対する燃えるような戦意が伝わってこないということにある。浪人を集めたのはあくまで威嚇の域を越えないかのような腰の座らなさを感じるのだ。そこには家康の老獪な交渉術が隠されているようだった。家康は豊臣家に対して決して敵意を表さない。そればかりか戦を避けようと心を砕いているにもかかわらずそれを豊臣方が分かろうとしないので苛立っているという風な態度もみせる。

また豊臣方の総帥の立場にある大野治長の態度がいま一つ煮え切らないように映る。治長は秀吉逝去のあと、家康の専横に我慢がならず暗殺を企てたことがあったが、事が事前に知られるところとなり一時下総へ流されていた。その後、関ヶ原の役では東軍として働き、戦後、秀頼のもとに使いにだされ、そのまま大坂に留まったという経歴の持ち主だけに、家康の心中を少しは察することのできる立場にある。その治長が家康は必ずしも非情な武将とは思っていない節がある。それというのも家康は関ヶ原の役で家康討伐の命を下した秀頼を不問に伏し、その後秀頼の元に溺愛する孫娘の千姫を嫁がせた。そのことからも両家における和睦の道は必ずあるという思いを家康は抱いていると考えているようなのだ。

集まってきた浪人衆は必ずしも義によって秀頼の元に集まってきたわけではない。竹流し金を目当ての者、秀頼の名を利用してもう一度世に出る機会を掴もうとする者たちの集まりともいえる。動機はどうであれこうして豊臣家の元に集まってきた者の功名心や射幸心を巧みに操り大きな力に変えるのが諸将の上に立つ大将の務めといえる。将の中には後藤又兵衛のように五百の兵があれば相手が一万といえども翻弄する才覚がある者もいる。また毛利勝永のように三万の兵があれば十万の兵を相手どり五分の戦いをする者もいる。かといって彼らが九万の大軍を機能的に動かせることができるかといえばそれはまた別の話だ。九万余りの大軍を率いることのできる武将は滅多にいるものではない。

大軍を自在に動かすには兵の心の働きに心を配っておかねばならない。豊臣方で全軍を指揮する立場にあるのは大野治長ということになるが、彼はわずか一万石の身代でせいぜい三百人ほどの兵を有していただけだ。しかも秀吉の馬廻り衆として仕えていたことで戦に関しては実践の経験はほとんどなきに等しい。如何に九万以上の浪人衆を集めたところで治長が彼らを戦力として機能させることができなければいざという場合に臨んだとき十分な働きは望むべくもない。

治長が自らの能力の限界を自覚し、せめて用兵を後藤又兵衛や、真田信繁に任せ、自分は徳川との交渉に専念するならば徳川方にとって厄介な存在になりうる。ところが治長は軍事権が自分の手から離れることを恐れた。治長には今でこそ太閤恩顧の大名が秀頼の誘いに乗ってはこないが、それは幕府の監視が厳しいからで、いざ戦いが始まり序盤を有利に展開しさえすれば必ずや味方に転じる者が出てくるに違いないという読みがある。一人でも二人でも大名が豊臣方に味方すればそれが誘い水となり後に続く者が雪崩を打って現れるという空想に近い読みだ。そのとき軍事権を他の者に預けていたとなると戦功はすべてその者たちに奪われるのではということを懸念していたのだ。

一方徳川方にしても今は味方についている大名がいつ豊臣方に寝返るかしれないという危機感は絶えずある。ただし徳川方と豊臣方の決定的な違いは、家康が念には念を入れ確信を得るまで決して動かなかったことに対し、豊臣方は甘い見通しの上に立って動いたことだ。それまでは無為無策が結果的に豊臣家を存続させてきた。ところが幕府の挑発に乗り十分な勝算のないまま行動に移してしまった。

対する家康は石橋を叩いても渡らないほどの慎重さがある。家康は渡れると確信できる橋でも安易に渡ることはしない。渡れることに心を奪われることなく、いつ橋を渡るべきかという潮時を常に思案しているのだ。しかし一度決断すると迷うことは決してしない。その家康が橋を渡るのはまさに今だと判断したのだ。

（2）

忠利は本多忠朝と共に大坂城東方の森河内に陣を張った。忠朝は本多忠勝の次男で上総大多喜城五万石城主だ。同じ方面には佐竹義宣、上杉景勝、丹羽長重など約一万五千が布陣している。東軍は十九万余りに達し、東は森村・中浜、南は岡山、茶臼山、西は船場、北は天満橋から京橋口に至るまで一面、色とりどりの旗指物で埋め尽くされた。これだけの大軍に取り囲まれれば、いかなる堅城に立て籠ろうとも戦意を喪失するところだが、大坂城だけは違った。外堀が余りに広大なことから取り囲んでいる四方の陣は遠巻きにするものの川と堀に隔てられあたかも分断されたかのようになっている。前方にそびえ立つ城郭を見上げると、その偉容に圧倒されだれもが難攻不落の城という思いを改めて強くする。これこそ豊臣秀吉が英知を結集して築き上げた城の威力といえた。

森河内は平野川によって城から隔てられている湿地帯で、今福、鴫野《しぎの》に挟まれた水路を防衛するのが主な役割ともいえるところだ。従って西軍と華々しく戦うことはまずない。あるとすれば城外に砦を築く城方が局地戦に応じるときぐらいだ。忠朝にとってはそれが不満のようだった。父は徳川四天王と謳われる忠勝だ。その父の働きに負けぬ武功を立てようと思うのも三十三歳の男盛りとしては無理からぬことなのかもしれない。忠朝は平野川を前に歯ぎしりしながら言った。

「これでは敵を目の前にして戦うにも戦えぬではないか。譜代のわれらを攻め口となる南口に配せずして何で戦ができようか。細川殿も合力されたとはいえ、これでは働く場がなかろう」

忠利にしても真先に兄の興秋を見つけ出し討ち取ると誓ったからには最前線に出て戦いたいところだが、家康と将軍秀忠の下した決定に口を挟むことができる立場にない。配陣とは四方の陣が縦横無尽な働きができるよう考えたうえ組み立てられてことから、一箇所の陣を動かすことによって総てを見直さなければならなくなることもある。そのことを知らぬ忠朝ではないのだろうが、どうにもはやる気持ちを抑え切れない。

「よし、大御所さまに訴え出て陣替えを願い出よう」

こう言って意気込んで陣を出たのは昼前のことだった。忠利はその行動に一種の危うさを感じた。果たして家康はどこまで忠朝の意気込みを汲み取るだろうか。

住吉に向かった忠朝だったが、出たきりなかなか戻ってこない。午後となりやがて冬の短い陽が西に傾き、たなびく雲が紅色の染料を流したように染った。その上空を数羽の鳥影が横切っていく。篝火に赤々と火が灯される頃、ようやく忠朝が戻ってきた。彼は馬から下りると微かに草摺りの音をたてながら長い影を引きずるようにして歩いてくる。顔面は血の気が引いたように蒼白だが、目は血走っている。従者も俯いたままだった。

一体何事があったのか。忠利は声を掛けようにも、それをはばかるほど忠朝は憔悴しきった様子だった。彼は『立ち葵』の紋所の陣幕に姿を消し、それっきり姿を現すことはなかった。

住吉の陣屋で忠朝は家康に会うことができたのだろうか。会えたとしたらそこでどのようなやり取りがなされたのか。忠朝の表情から察すると必ずしも思わしい結果ではなかったようだ。いずれにしても尋常ならぬことがあったに違いない。

主戦場になると予測される南側の平野口、八丁目口、谷野口、松屋町口が並ぶ惣構えの東南に真田信繁（幸村）は半円形の出丸を築き、これを真田丸と称した。これは唯一の攻め口と言われる正面の守りを強化するためであり、敵が攻め込んだときに横合いから攻撃を仕掛けるという狙いがある。いざ戦が始まると信繁は徳川方を挑発し、真田丸の前の空堀りに誘い込みさんざんに翻弄し、一気にその名を轟かせた。それまで懐疑的だった豊臣方も父昌幸に勝るとも劣らない信繁の采配振りを誰もが認めるようになった。こうした信繁や団右衛門の働きがあったもののそれらはいずれも東軍の包囲網を崩すには至らぬ局地戦の域を越えるものではなかった。

家康は正面から攻めることで被害が拡大することを避け、東方と西方の陣に櫓を組み大筒を備え、昼夜の別なく砲撃を続けた。用いた大筒は最新兵器のカノン砲を摸したもので豊臣方で用いるフランキ砲に比べ口径も性能も格段に勝るものだ。その砲撃音は凄まじく京都のしじまをも揺るがした。そうした攻防の中、備前島から発射された砲弾が淀君の居る本丸の天守を直撃した。難攻不落といわれその中でも最も安全であるはずの本丸が直撃されたのだ。その衝撃は城に籠る女中衆の想像を絶するものだった。城内は女子の泣き叫ぶ声で満ち溢れた。なにしろ女子だけで一万人以上も立て籠っていたのだ。これですっかり肝を潰した淀君は秀頼の反対を押し切り、徳川方に和議を申し入れた。十二月二十日のことである。

講和は詳細の詰めが無いまま慌ただしく結ばれた。内容は、

(一) 大坂城は本丸のみ残し、他は破却し平地にする
(二) 大野治長と織田有楽が人質を出す
(三) 城方の武将は譜代、新参を問わず処罰しない

という豊臣方にとって一見極めて寛大にみえる内容だった。

陣屋にいた興秋は是季から講和の条件を知らされ思わず唸った。

「講和の条件として外堀のみならず二の丸、三の丸の棄却まで同意するとは」

「真田殿と後藤殿は最後まで反対していましたが、最後は治長殿に押し切られたようです」

「治長殿というより淀の方であろう。治房殿も治胤殿も反対と聞いていたが。しかし城方の武将は譜代、新参を問わず処罰しないということは、副将の治長殿もお咎めなしということか」

「代わりに治長殿と有楽斎殿の元から人質を出すことになったようです。これを興秋様はどのように見られますか」

是季に問われるまでもなく興秋は城方の武将を一切処罰しないという条項に大きな違和感を抱いていた。

「これは一見寛大な措置にも見えるがその実、豊臣家を身動きできなくするものぞ。秀頼公はせっかく集めた浪人衆を手放すことはなさるまい。したがこれだけの人数を抱えていればやがて城内の兵糧が底をつくのは目に見えている」

「いかにも。大御所は浪人たちが召し放ちになり一度に大坂市中にあふれ治安が乱れるのを防いだともとれます。その一方で今からそのような者たちをからめとる手段を考えているに違いありませぬ」

浪人対策について本来最も責を負うべきは関ヶ原の役の勝者家康といえよう。関ヶ原の役で西軍について敗れた者たちの扱いに手を付けずにいたことが、今日の浪人の大坂城集結の大きな要因のひとつとなったのだ。しかしこの者達を救済するため諸大名に召抱えを許せば、豊臣の旧勢力を延命させることとなり、後々幕府の脅威となりかねない。

講和条件の一つである「譜代、新参を問わず処罰しない」とは家康ですら手を付けられずにいた浪人対策という難問を秀頼にそっくり抱え込ませると同時に、大坂城に集まった浪人たちを逃散させないためのものといえる。

さらに興秋が気に掛かったことは秀頼の移封や淀君の人質について一切触れられていないことだ。そもそも今回の戦はこの条件を豊臣方が認めなかったことから生じたはずだ。和議の条件を示された大野治長や淀殿はさぞかしホッと胸をなで下ろしているだろうが、興秋はこの寛大すぎる講和の条件には裏があるように思えてならなかった。

(3)

戦は和議となったがこのままで済むとは誰も思ってはいない。裸城となった大坂城だが、五万五千余の浪人衆が未だ城や大坂市内に留まっている。そんな中、家康の第九子の義直(尾張徳川）と浅野長幸の娘春姫との婚姻の日取が決まった。三月十三日には秀頼、淀君の使者が駿府の家康の元に祝言上のために訪れた。家康は上機嫌でその言上を聞いた。ところが驚いたことには秀頼の使者はその際、食糧援助を要請したのだ。多くの浪人を留めておくには五十六万石の身代といえどもそう長くは持ちこたえられるものではない。使いの者が言うには先の戦で摂津、河内が荒廃し年貢が納められず、さらに二の丸、三の丸の破却の際、米蔵も取り壊されたことで兵糧が不足しているというのだ。これにはさすがの家康も驚かされた。

（戦で最も重要なことは兵力ではなく兵站の確保にあるということすら知らぬのか）

こう思ったことだろう。

和睦となった後も興秋は大坂城に残った。籠城していた多くの者は戦は西軍有利に進んでいただけに必ずしも納得しているわけではなかった。なにより城を出てしまえばその日から食うに困ることになる者がほとんどだ。しかし本丸だけとなった城に五万もの浪人が収まるはずもない。

ほどなくして平地となった所に掘立小屋を建てそこに住まう者が現れた。櫓などは破却されそのまま濠に放り込まれたので掘り起こせば建材には事欠かない。本丸の周辺に浪人たちの住む長屋が次々と建っていく。住まいが確保されると武士の本性として今度は身を守るため城壁が欲しくなる。間もなくして掘り返した濠の手前に塀を築く者が現れた。すると一度城を離れた者たちまでもが再び引き寄せられるように戻ってきた。

こうした大坂城の動きを京都所司代板倉勝重は家康に逐一報告した。さらに一度散っていった浪人衆が再び城内に舞い戻ってきて再軍備の動きが顕著である旨伝えた。財政的窮状を家康に訴えた豊臣家だが、その一方で戦の準備を進めている。秀吉という巨人を失った豊臣家は、今や舵の壊れた船のように迷走を始めていたのだ。

家康は勝重の報告を受け大坂方に改めて不穏の動きありとして非難した。それに慌てた大野治長は大野家家老の米村権右衛門を弁明の使者として駿府に向かわせた。しかし豊臣家筆頭家老だった片桐且元ですら務まらなかった使者の役を六百石扶持の権右衛門が務まるはずもない。案の定、家康は使者の弁解に耳を貸すこともなくそれまでとは一転して厳しい条件を一方的に突きつけた。その条件とは、

(一) 秀頼が大和か伊勢への国替えに応じる

(二) 新たに召し抱えた浪人をすべて追放する

のいずれかを選ぶというものだった。

権右衛門は片桐且元がそうであったように途方にくれながら家康から突きつけられた条件を

持ち帰ることとなった。

これらは冬の陣を終結させるときに出された先の三条件とは全く異なるものだった。家康が今回出した条件こそ、先の講和の際に豊臣方が何としても避けたいと思っていた条項だった。しかし徳川方に付け入る隙を与えたのは誰あろう再軍備に動いた治長自身だった。講和が結ばれた今となって新たに突きつけられた条件に豊臣方は少なからず動揺した。治長はすぐさま再度使者として権右衛門を送り条件の撤回を求めた。ここでもまた豊臣方はまんまと家康の術中にはまったのだ。家康は権右衛門を追い返してすぐさま次の手を打つべく江戸の秀忠と連絡を取り合った。豊臣方がいずれの条件にも応じないと返答してくることを前提とした動きといえる。そして四月になると突如、家康は畿内の諸大名に大坂を脱出する者を捉えるよう命じた。

四月五日、尾張義直の婚儀のために西上した家康の元に大野治長は使者を送った。秀頼の国替えには応じられないことを伝えるためだ。治長は家康の義直婚儀出席が大坂に出向くための方便で、そのような返事のあることを見越したうえでのことであったことをついに見抜けなかったといえる。政治手腕において家康と治長との間には余りにも隔たりがあった。一万石の俸禄を受けるにすぎない男が淀殿の乳母である大蔵卿局の息子ということだけで豊臣家を主導する立場に押し上げられたのだが、それを己の実力と思い込んだことがこの男ばかりでなく豊臣家の不幸といえた。治長は冬の陣の講和の際、家康からそれまでの指揮ぶりをことのほか賞賛されたうえ、身に着けていた陣羽織を所望された。家康はその陣羽織を治長にあやかるようにと本多正純に与えた。このことは治長の自尊心を大いにくすぐり、それ以来自分が家康に一目置かれる存在なのだという自負を懐くようになったのだ。ところが家康の意図は治長をおだて上げることによってあらぬ自信を持たせ指揮権を手放さないようにさせ真田信繁や後藤又兵衛らが腕を振るう機会を奪うことにあった。それに治長は気付かずにいた。

治長はこの期に及んでなお「大御所は主家である豊臣家を滅ぼすようなことはしない」という夢のような希望を捨て切れずにいる。だからこそ家康の要求した国替えを断るという決断に至ったともいえる。ところが家康は秀頼が国替えを拒んだことを宣戦布告と見なし、直ちに東国大名を伏見、鳥羽に集結させ、西国大名に出陣準備を命じた。治長はこうして家康に豊臣討伐の口実を与えてしまったのだ。

家康は伊達政宗、黒田長政、加藤嘉明の軍で京都を固めていた。圧倒的軍事力によって大坂方を威圧し、自分から踏み込むことなく大阪方から一歩踏み出さざるを得ない状況に追い込んでいく。東軍が京都周辺に着々と固めることで、大坂城内の不安は一気に加速した。その不安をさらに煽るように紀伊浅野長晟が大坂に攻め込む動きがあるという報が大坂方に入ってきた。その報を聞きさすがに治長も怒りに身を震わした。浅野家は太閤の妻高台院（おね）の実家であることから必ずや味方として馳せ参じるとかねてより淀殿に漏らしていた手前もある。ところがそれは治長の勝手な思い込みだった。高台院を大坂城から追いやるように仕向けたのは他ならぬ淀殿だった。大坂城に居づらくなった高台院に太閤の菩提を弔う寺と住まう屋敷を建てたのは家康だった。そのようないきさつもあり、今では高台院は豊臣家より徳川家との関係の方が親密となっている。その高台院は日頃から秀吉子飼いの武将達に家康には逆らわぬよう言って聞かせていた。しかもつい数日前の四月十二日には家康九男尾張藩主義直が浅野幸長の娘春姫と盛大な婚姻の儀を執り行ったばかりだ。急逝した兄幸長の跡を継いだ長晟が姻戚関係となった徳川家に万が一にも敵対するはずもない。これすらも大坂方は見落としていたのだ。

四月二十五日、大坂城内で慌ただしく軍議が開かれた。大野治長、治房、治胤三兄弟、真田信繁、後藤又兵衛、長宗我部盛親、木村重成、毛利勝永、明石全登、御宿《みしゆく》政友、そして細川興秋、米田是季といった顔ぶれだった。冬の陣のときは声の掛からなかった興秋も年が明けると大野治長から米田是季と共に加わるよう要請されていた。冬の陣の頃は打倒徳川を声高に主張する者達が幅を利かせていたが、関東勢と戦ったことでそれぞれの力量がはっきりし、戦略、戦術に見るべきものがない者達は遠ざけられていた。大野治房、治胤ですら時には又兵衛や盛親などから手厳しく論破されることもあった。

治房は和歌山藩主浅野長晟を真先に血祭りに上げるべきと主張した。これに対して興秋は異を唱えた。

「関東勢が上方に結集している今、軍を紀州方面に割くべきではありません。浅野勢はせいぜい五千、堺の手前で待ち受けるが上策。兵を向けるべきは河内、大和口でありましょう」

治房は己の案に異を唱えられたことで不快な表情を露わにした。

「裏切り者を叩かねば同調する者が出てこよう。そのような道理も分からぬというのか」

「それも一理ありましょうが数に劣る我らとしては、家康と将軍秀忠に狙いを定めるが第一であり兵力を分散させることは避けなければなりませぬ」

「その家康と秀忠を討ち取るため追従する関東勢を叩くのじゃ。諸戦の勝利は味方を大いに鼓舞するものじゃ。こうしているうちにも浅野勢は大坂に向け兵を進めよう。攻め込まれる前に機先を制すは兵法の定石であろう。それとも細川殿は臆されたのではあるまいな」

興秋は治長の反論に腹が立つより失望した。長晟が兵を動かすということは独自の判断のはずもなくそこに家康の意が含まれていると考えなくてはならない。その意は紀伊に注意を向けさせ、その間に大坂に迫ろうとすることにあるに違いない。相手の動きにつられて動けば家康の思う壺となるだけだ。それに気づかぬ治長が歯がゆかった。

興秋は十五年前の関ヶ原の役のことを鮮明に覚えている。上杉景勝討伐に向かった家康は戦いが始まればそこから動くことはできなくなると石田三成は西国諸将に繰り返し説いていた。家康が東国で動けないと見越し、三成は西軍の士気を高めるためとして丹後田辺、近江大津、伊勢桑名などの小城攻略に四万余りの兵を動員した。ところがその家康が関ヶ原の手前赤坂に突然姿を現した。このとき各地に兵を動員していたことで大垣城の三成の元には僅か三千の兵しかいなかった。そのため大垣城では支えきれないと判断し、一旦坂本状に戻り作戦を練り直し急遽戦場を関ヶ原としたのだ。ところが関ヶ原で合戦となっても丹後、近江、伊勢へ配した兵は東軍に牽制され主戦場に向かうことはできなかった。

今、大野兄弟はそれと同じ轍を踏もうとしている。家康が本隊とは別に紀伊の長晟を大坂に向かわせたのは豊臣方の動揺を誘うためのものであり、それ以上のものではなかったはずだが大野兄弟は過剰な反応を示した。このことがその後の戦況に大きく影響することになる。評議は大野兄弟に押し切られる形となった。浪人衆はあくまで豊臣家の傭兵と考え、大野兄弟は主導権を決して手放そうとはしない。同席していた信繁や又兵衛からはこの件について言及はなかった。この頃はすでに治房の行動に対して二人とも一切干渉しなくなっていた。興秋もこれ以上異論を唱えることは控えた。

二十六日治長は浅野攻めの前に治房に命じ大和の郡山城を攻めさせた。郡山城は家康がかねてより秀頼の移り先として示していた城で手薄だった城だ。治房はその城を焼き払うことによって大坂城からは一歩たりとも動かないという不退転の決意を内外に示したのだ。さらに二日後に大野治胤は東軍の兵器工場とも言える堺の町を焼き打ちした。こうして大坂方は家康が最も厄介に思っていた『無為』からとうとう大きく一歩踏み出したのだ。

## (4)

興秋は治房の部将であることから米田是季とともに浅野長晟討伐に加わることとなった。治房は塙団右衛門と岡部則綱を先鋒として出発させた。狭い山道を二人の将が指揮をとることになる。治房は二人を先発させた後、本隊を後方に待機させた。これもまた興秋は危ぶんだ。

「敵地においてはどこに伏兵がいるか分かりませぬ。本隊をあまり先鋒から離すと万が一のときに対応できますまい」

こう進言したが、治房は含み笑いをし「案ずるに及ばぬ」と言って作戦を明かした。それは浅野勢が城を出たのを見計らい紀州の豪族たちを扇動し一揆を起こさせ城を奪い退路を断ったうえで治房隊とで挟み撃ちにしようとする策だった。行く手を団右衛門と則綱の隊に阻まれ、後方から一揆勢が押し寄せてくれば浅野勢は浮足立つ。そこに治房本隊が加われば浅野勢をせん滅できると踏んだのだ。作戦としては決して悪くはない。紀州の豪族たちを味方につけたことは戦略上大きい。

しかし非凡な将と凡将との違いは作戦を立てた後の指揮の取り方に現れる。治房は自分の立てた作戦を過信した。治房は遥か後方の貝塚願泉寺に入り座して待つことにしたのだ。夜明け前にもかかわらず住職によってすぐさま食事と酒の用意がされた。戦を前の腹ごしらえはともかくも、酒は禁物だ。興秋は直ちに酒を下げるよう命じたが治房はそれを押し止めた。そして酒を受け取ると外で待機している兵にも振舞うよう命じた。少し前に団右衛門と則綱もこの寺に立ち寄っているが、小休止した後直ちに兵を出していたのとは対照的だった。

治房は住職の用意した酒を実にうまそうに飲んだ。その様子を苦々しく見ていた興秋は境内へ出た。そこでも樽酒が振舞われ兵は銘々胡坐をかいて酒をあおっていた。

「酒なら戦のあと幾らでも飲める。飲むのはそれぞれ一杯のみぞ!」

こう言って回ったがまともに聞く者はほとんどいなかった。過分ともいえる接待は願泉寺が豊臣びいきの西本願寺派に属することによるものなのだろうと思った興秋だったが、住職はその時すでに京都所司代板倉勝重によって徳川方に取り込まれていたのだ。こうしているうちに一刻半ほど経ち、そろそろ先方からの知らせが入ってくる時刻となった。興秋は参道から樫井方面に目を向けているとばらばらと駆け込んでくる兵の姿が見える。それは出陣を要請する様子とは明らかに異なっていた。興秋に不吉な予感が走った。果たして駆け込んできた兵は敗走してきた者たちだった。塙団右衛門は討死し、岡部則綱隊も壊滅状態になったという。興秋は境内に駆け戻り酒をあおっていた兵に声を掛け馬に飛び乗り樫井に急行した。道々敗走してくる岡部隊の兵とすれ違う。血糊で真っ赤になった顔はどれもがひきつっている。興秋が樫井に到着した時は既に浅野勢は退却した後だった。いたるところに団右衛門と則綱の兵が倒れている。先陣争いをしていた団右衛門と則綱は待ち伏せしていた長晟の不意打ちにあい壊滅したのだ。興秋は息のある者たちを助けるよう命じた。そうしているうちに目の焦点の定まらない治房が駆けつけてきた。治房はまさかこのようなことになるとは夢にも思っていなかったのだろう。かくして治房は自らは一戦もしないまま大坂に引き返すという大失態をしでかすこととなった。興秋は自分も含めてこのときほどもどかしく思ったことはなかった。

先の冬の陣の際には、治房の守備隊は木津川水路を東軍に襲われ抵抗らしい抵抗をすることもなく奪われた。これに続く樫井での敗退は治房の評価を著しく失墜させた。陣屋に戻った興秋は憤懣やる方なかった。そこには自分に対しての怒りもあった。彼は治房を諫めることができなかったからだ。所詮自分は傭兵という思いを強くした。配下の三百の兵も治房からの預りもので興秋の家臣ではない。戦略に暗い治房の命の元、戦働きをする部将に過ぎないのだ。

そのとき険しい顔をした米田監物是季がやって来た。興秋は行き場の無い怒りを是季にぶつけた。

「監物、治房殿は戦意こそ盛んだが軍略もなく采配も未熟このうえない」

「如何にも、治房殿は城内きっての主戦論者とはいえ、戦略において真田、後藤両名とかみ合うということがありませせぬ」

「今は大坂方に味方しなかった者達への報復などしているようなときではないにも関わらず紀伊に兵を差し向け、挙句の果ては長晟にしてやられた。こんなことをしていては大御所、秀忠軍と一戦まみえる前に戦力を消耗するだけじゃ」

「如何でしょう、こうなったら治房殿の元を離れ真田殿か後藤殿と合流しては」

是季は以前からこのことを考えていたようだ。

「お主もそう思うか。治房殿はこ度の敗退で面目を失い軍議の場においては発言できまい。今後、評議の主導権は真田殿と後藤殿に移っていくはずじゃ」

「如何にも」

「してお主、後藤隊と真田隊をどう見る」

「後藤殿はすでに万が一にも大坂方の勝利はないと見切っているかにみえます。従って勝敗にはこだわらず如何に華々しく戦うかに賭けることでしょう。その隊に入っても後藤殿に名をなさしめるだけとなりましょう」

「うむ、それは十分に考えられる。それでは真田殿は」

「真田殿は大御所さえ倒せば東軍は一気に崩れるとみてその御首級《みしるし》をとることに狙いを定めております」

「うむ、真田殿は今となっては万に一つも勝機はないとみているだろうが、もしも大御所の首をあげれば東軍は大いに乱れ付け入る隙も出てこよう。ここはひとつ真田殿に合力して東軍に一泡吹かすことに賭けよう」

是季はこの興秋の考えに従った。

興秋は治房の元に行き慎重に言葉を選びながら遊軍となって徳川勢と戦いたい旨申し出た。治房は強気の姿勢は崩さずにいたものの、申し出を押し返す気力は残っていなかった。治房は秀頼の警護のため傍を離れられなくなったと言い、興秋にはそのまま三百の兵を預けた。興秋はその足ですぐさま信繁の陣屋に向かった。

信繁は裸城となった本丸の作事方詰所の一角にある部屋にいた。そこは玄関の番所に最も近く、事あればすぐさま陣屋に駆けつけることができる位置にある。案内され興秋が部屋に入ると信繁は手にしていた書物を机の上に置き穏やかな顔で迎えた。

「これは細川殿、よう参られた」

興秋は入城してはじめて信繁と二人だけで話をする機会を得た。

この年四十九歳を迎えた信繁は明日をも知れぬ戦いがうち続くさ中、常に穏やかな表情を絶やすことはなかった。軍議の場で大野治房や治胤らが口角泡を飛ばし論じるときも、後藤又兵衛が回りに有無を言わさず主張を通そうとするときも静かに聞いていた。感情を表に出さないというよりも、どんなときでも穏やかさを保ち続けているのだ。そんな信繁が口を開くと不思議なことに誰もが引き込まれるよう耳を傾けた。

信繁は兄信之から届いた封書を封も切らずに送り返し、叔父の真田信尹《のぶただ》が家康の命を受け信濃一国を与えることを条件に寝返りを勧めたときも一顧だにしなかった。それを頑な世渡り下手と見る者もいるだろう。世渡りの術は経験を積むことによって身についていく。しかし人品というものは学問や経験を積んだからといって必ずしも身につくというものではない。信繁には生まれながらにして侵すべからざる品格が備わっているかのようだった。

興秋は三百の兵と共に真田隊に合力したいと申し出ると信繁は快く受け入れた。話がまとまったところで茶を喫しながら興秋はこう言った。

「十年ほど前、九度山の館を訪れたことがござった」

「よう覚えております。その節は父昌幸が来客のためお会いすることができず失礼いたしました」

意外にも信繁は十年も前の事を覚えていた。

「よもや大坂城内で再びお目に掛かるとは思いもよりませんでした」

興秋はそのとき門前払いにされたという思いがあったことから、どこかで信繁と距離を置く気持ちがあったが、改めてこうして話をすると不思議なことにそのようなわだかまりは消え去った。当時の興秋は出奔した直後のこともありどこかで引け目を感じていた。今に思えば監視の目が光る中ではじめて会った興秋に本心を明かすはずもない。信繁は徳川討伐の想いを胸のうち奥深くに秘め十五年という歳月をかけて兵法・戦術を磨いていたのだ。

四月三十日午後、最後ともいえる軍議が本丸大広間で開かれた。そこでは大和口と河内口から攻め入る関東軍を迎え撃つ策が練られた。大和口には第一陣として後藤又兵衛、薄田兼相、明石全登ら六千五百、第二陣には真田信繁、毛利勝永、福島正守、大谷吉久、細川興秋ら一万二千が道明寺に布陣することとなった。また河内口には若江に木村重成ら六千、八尾には長宗我部盛親、増田盛次ら六千三百が当たることとなった。

又兵衛は道明寺で第一陣が合流し、国分村まで進み関東勢を待ち構え、生駒山と葛城山で挟まれた狭隘の地で迎え討てば十分勝機があると考えた。さらに信繁の第二陣が加われば関東勢に大きな打撃を加えることができると踏んだ。大坂方は野戦を得意とする家康に対して大胆にも夜戦で応じる策をとったのだ。

# 八　敗走

## (1)

「大坂との講和が破れたので、直ちに参陣するように」との幕府からの触れ状を受け取った忠興は出陣準備をする忠利に先立って百人ほどの兵を引連れ急遽小倉から船を出し大坂に向かった。冬の陣では小倉に留められ戦場に出られなかったことを無念に思い、今度は何としてでも参陣しようとしたのだ。摂津兵庫の港に着いたのは五月三日のことだった。五日には淀においての出陣する家康の駕籠を待ちかまえた。その日家康は秀頼相手の合戦は三日分の腰弁当で十分と言い鎧を身に着けることなく羽織り、帷子、草履といった軽装で二条城を発った。

淀の町口で待ち構えていた忠興は行列の前に進み出て小倉から到着したことを告げると家康は駕籠を止め簾を上げた。家康は思いのほか早い忠興の到着に大仰ともいえるほど驚きの色を見せ、懇ろにその労をねぎらった。家康が行列を止め声を掛けることは異例なことだ。家康は日頃近臣に「たとえ九州の大名が皆敵に回っても細川だけは味方となろう」と漏らしていたことからその言葉通り忠興が真っ先に馳せ参じてきたので大いに気を良くしたのだ。

忠興は家康が行列を止めて声を掛けてくれたことが余程誇らしく思ったのかそのときの様を詳しく忠利に書き送っている。忠興という男は気位が高く癇の強い男ではあるが家を守るため常に『巧遅は拙速に如かず』を旨としそれを実践してきた。一方で己の命に従わない者が家中にいれば断じて容赦しない面を併せ持つ。

上機嫌だった家康だが駕籠を出すときこう言い残した。

「軍勢は内記（忠利）に預け、少将殿（忠興）はわが側におられよ」

これは如何にも忠興を寵臣のごとく扱っているようにみえるが真意は他にあることは明らかだ。家康は忠興の忠義ぶりを賞しながらも彼の元に軍勢を置くことを避けたのだ。そのため細川軍の主力は忠利と共に小倉に足止めされることとなった。

戦力において東軍は二十万を擁し、一方の西軍は五万、兵の質においても東軍は訓練された正規軍である一方、西軍は食い扶持を求めての浪人がほとんどで、戦が始まればどこまで指揮に従うかはなはだ怪しい。東軍には負ける要素は何一つ無い。こうした状況においてもなお、家康が警戒していたのは絶対的有利の元での将兵の気の緩みだった。過去には、扇ガ谷上杉憲政率いる二十万の軍勢が一万に満たない北条氏康軍の奇襲によって大敗した川越夜戦があり、また、四万の軍勢で押し出した今川義元軍がわずか三千の織田信長軍に敗れた桶狭間の例がある。
今回の豊臣との戦いにおいては圧倒的優位に立っているものの、勝利したところで秀頼の所領五十六万石を分け与えられるだけで恩賞は知れている。そうなると諸将は自軍の損失を極力抑えようとする心理が必ず働く。特に外様大名はそうした考えに立っていると考えねばならない。こうした心理が戦場で一瞬の判断を遅らせることになり、思わぬ敗因を招くことにもなりかねない。味方といえども戦意の無い軍勢は敵以上に危険なのだ。家康はそのことを最も警戒していたに違いなかった。

五月六日未明、後藤又兵衛は二千八百の兵を引き連れ宿営地平野を出発し道明寺に向かって南下した。後発で薄田兼相《かねすけ》率いる二千の兵がそれに続いた。天王寺からは真田信繁隊三千、毛利勝永隊三千がそれぞれ出陣した。道明寺で合流した後、国分村に向かいそこで東軍を迎え撃つという作戦だ。東軍が大和口から大坂城に向かうには奈良街道を進み北の生駒山と南の葛城山の谷あいにある国分村を通らなければならない。国分村の手前は隘路となっておりそこで待ち受ければどんなに大軍が押し寄せてこようと防ぎきることができる。問題は大野治房が紀伊樫井方面へ軍勢を差し向けたことによって大和、河内方面への進軍が九日も遅れたことだ。

天王寺から道明寺までは五里ほどなので予定の刻限の寅の刻（五時）には十分間に合う。ところが興秋が加わった真田隊の行軍は思うように進まない。天王寺から平野川にかけては湿地帯が多く点在し思いのほか行く手を阻むこととなった。厚い雲が上弦の月を覆い隠す漆黒の闇の中、松明を灯さず行軍するのは困難を極めた。このままでは定刻までに道明寺に着くことはできそうにない。湿った土を踏みしめる人馬の足音が興秋の胸に空しく響く。

後尾に付いている興秋は是季の方に馬を寄せた。

「お主、この行軍どのように見る」

「かなり歩みが遅いようです」

「これでは約束の刻限までにはとても間に合うまい」

「それでも急ぐ様子のないのは真田殿に何か考えがあるようにも思えますが」

「真田殿は後藤殿と東の国分村で敵を迎える手はずだが、北面の河内街道の方にも目を配っているやもしれぬな」

「あるいはそうかもしれませぬ。しかし我らが国分の戦いに加わらなければ後藤、薄田、明石隊は東軍の攻撃を抑えきれないでしょう」

興秋には信繁が故意に約束を反故にするとは思えないが、行軍は一向に速める気配がない。

真田隊が大和街道にさしかかったとき小松山の上空は未だ闇に包まれていた。すると東の方角から鉄砲の音が立てつづけに聞こえてきた。

（後藤隊が関東勢に攻撃を仕掛けたのか）

興秋は唇を噛んだ。それは約束の刻限より半刻も早かった。しかし、鉄砲の数はさほど多くはない。そこに薄田隊や明石隊が加わっているのか。もしも彼らが到着していたとしても作戦は真田隊の到着を待って行われるはずで、攻撃が早まることはない。

（なにか不測の事態が起きたに違いない）

興秋の懸念は的中した。又兵衛が道明寺に到着したときすでに国分村は東軍によって埋め尽くされていたのだ。国分村で迎え撃とうとしていた又兵衛たちだったが、東軍の進撃は思いのほか早かったのだ。西軍は絶対に渡してはならない拠点を奪われ逆に先手を取られてしまったことになる。

もう一日早く出陣していたなら計算通りの戦いができるはずだった。その作戦が破綻をきたしたのはやはり主力を真逆の紀州方面に向けていたことにあった。紀州方面の長晟に出陣を命じた家康にしてもこれほどまで見事に策が当たるとは思ってもいなかっただろう。一方、信繁とは思えぬ遅々とした行軍は、今に思えばあたかもこのことを予測していたかのようでもあった。

　国分村が敵の軍勢で埋め尽くされていることを物見の報告で知った又兵衛は作戦が破綻したことを悟った。本来なら薄田、明石隊の後続を待つべきところだが、

（味方の到着を待っていれば東軍は石川を押し渡りそのまま道明寺へなだれ込んでくるに違いない）

　こう読んだ又兵衛はその手前の小松山に駆け上がりそこで敵を迎え討とうとしたのだ。


　黒塗りの胴に廻り鉢六二間星兜で身を固めた又兵衛は兵を引き連れ石川を渡河し、一気に小松山に駆け上った。少しでも有利な場所で戦おうと第二の関門といえる小松山まで進んだのは百戦錬磨の又兵衛ならではの判断といえる。対する関東勢は軍監の水野勝成三千三百、本多忠政五千、松平忠明四千、伊達政宗一万に加え村上義明千八百、松平忠輝九千と計三万余りの将兵が勢揃いしていた。小松山に駆け上がった又兵衛はそこにもすでに水野勝成の軍勢がいることを知った。又兵衛は猛将としてその名を知られているが勝成もまた『鬼日向』との異名を取る武将だ。今回の大和路からの進軍に際して家康から、

「お前は軍監なのだから全軍の動きに目を配ることを心掛け決して先駆けなどせぬように」

と厳しく言い渡されていたが、一番槍をつけたのは他ならぬ勝成だった。小松山の山頂近く

で出会った両軍はたちまちのうちに入り乱れての白兵戦となった。興秋が耳にした砲撃の音はまさにその時のものだった。しかし数で劣る後藤隊は次第に劣勢に陥っていく。そしてついに援軍のないまま小松山から追い落とされた。石川を背にして最後の一戦に臨んだ又兵衛だったが鉄砲で胸を撃ち抜かれ前のめりになって倒れそのまま息絶えた。遅れて到着した薄田兼相も討死した。続いて駆けつけた明石全登は疲労の見える関東勢を石川の東岸まで押し返したが、それが精いっぱいだった。

(2)

真田隊が藤井寺村に到着したのは四ツ半(午前十一時)で約束の刻限より二刻半も後だった。又兵衛と兼相の討死を知らされた信繁は無言で頷いたが一切の感情は表に現さなかった。今回の出陣に際して秀頼の出馬を何度も願い出た信繁だったが、ついにその願いは受け入れられることはなかった。総大将の出陣が叶わないのであれば各将は己の判断で敵に当たるしかない。たとえ軍議によって決められたことでも己の隊が最も働ける戦法にこだわる。そのため他の隊が苦境に陥ったとしてもそれを見捨てることさえする。相手が例え東軍の主力部隊であろうと正面からの対決を避け戦力を温存しておきたいというのが本音なのだろう。信繁のねらいはあくまで家康の首なのだ。

一方の又兵衛は国分村を己の決戦の場と考えた。作戦が破綻したと知りながら戦いを挑み、そして散った。又兵衛もまた信繁が他の場所で関東勢に遭遇し戦っていたとしても国分村での戦いを回避して救援に駆けつけることはなかっただろう。それぞれが己の力を最も発揮できる戦場を選んで敵に挑む。その結果、個別撃破されても悔いはないと考える。彼らは最早勝敗を度外視して戦い華々しく散る場所を求めていたといえる。


興秋、大谷吉久、福島正守、渡辺糺《ただす》は信繁と共に藤井寺の毛利勝永の軍と合流し作戦を練った。評議の結果、真田・細川・渡辺隊を右翼とし誉田《こんだ》村に向かい、毛利・明石隊に薄田隊の残兵を加えた軍を左翼とし道明寺村へ向かうこととなった。

興秋隊と真田隊が誉田陵まで進むといきなり伊達軍と出くわした。真田隊三千に対し伊達勢は一万だ。敵の姿を認めた伊達の騎馬隊は直ちに戦闘態勢をとった。それを見た信繁は単騎誉田陵の麓まで駆け采を振り挙げた。すると真田隊の徒歩は伊達勢に対して三段になって身を伏せ槍を脇に置き草むらの中に身を隠した。興秋たち騎馬隊はその後方に並んで立った。伊達の騎馬隊は発砲しながら攻め寄せてくる。騎馬での銃の命中率は極めて低いとはいえ最前列で采を振るう信繁はいつ弾に当たってもおかしくはないはずだが全くひるむ様子がない。

片倉小十郎（重長）率いる伊達勢の最前列が一町先まで迫ってきた。ここで信繁は再び采を挙げた。するとそれまで伏せていた徒歩たちは槍を手にした。伊達勢は草むらに伏せている真田隊を踏みつぶさんばかりの勢いで突き進んでくる。その時信繁は再度采を挙げた。するとそれまで身を伏せていた徒歩は一斉に片膝をつき槍を小脇に抱え身構えた。土煙りをあげながら伊達勢が十間ほど手前まで迫ってきたときはじめて信繁の采が振り下ろされた。すると最前列の徒歩は一斉に伊達の騎馬勢に向かって槍を突き上げた。

攻め込んできた伊達勢は伏兵の槍先にかかり天を仰いで次々と落馬した。真田隊の中にも馬の蹄に掛かって頭を割られ胸を踏みつぶされた者も少なくなかった。それでもひるまず二段目の徒歩がそれに続くと伊達勢は大きく崩れた。そこを三段目の徒歩が突撃しその後ろから興秋たち騎馬隊が続き伊達勢を蹴散らした。指揮をとる片倉小十郎は徒歩の槍を太股に受ける深手を負い退却した。

先鋒が崩れたのを見て政宗はすかさず本隊を動かし誉田陵の麓まで押し出してきた。数に劣る真田隊は一旦後退したが体勢を立て直すと再び反撃に転じた。その凄まじさにさすがの伊達勢もたじたじとなり再び誉田陵の後方まで後退した。

その後一刻余り一進一退の激しい攻防を繰り広げたが決着のつかぬまま睨みあいとなった。

両軍とも未明からの行軍に加え戦闘を繰り返しすでに体力の限界に達している。しかしここで気を緩めれば相手に付け入られる。そんなとき突如秀頼からの伝令が舞い込んだ。直ちに撤退せよというのだ。八尾、若江で関東勢と戦っていた長宗我部盛親と木村重成隊が敗退したのでこれ以上の損害を出すことを避けるためというのがその理由だった。重成は若江の戦いで討死した。西軍は後藤又兵衛基次、薄田兼相、木村重成という主立った武将を失った。とはいえそれは興秋にとって全く戦況を無視した伝令に思えた。これが大野治長の発した命ならば『城外にあっては軍令もうけざるところなり』とばかりに従うことはなかったが、秀頼の命とあっては是非もない。

信繁はやむなく軍を撤退し、勝永が軍殿《しんがり》を担った。しかし対峙していた伊達政宗隊は何故か追撃しようとしない。後退する軍勢に討ち掛かれば数に勝る伊達隊は圧倒的に有利で一気に大坂城までなだれ込むこともできたはずだ。政宗の行動は不可解といわざるを得なかった。これを見て信繁は隊の最後尾まで馬を馳せ関東勢を見回した後、挑発するように大声を発した。

「百万といえども関東勢には男《お》の子一人としておらぬのか、我と思わん者は出で候らえ！」

信繁はこう大見えを切った。引き上げる味方の兵を少しでも鼓舞しようとしたのだ。対峙していた伊達隊は信繁の言葉にいきり立ったが、政宗は追撃することを厳しく制した。このとき伊達隊の後ろには無傷の松平忠輝隊九千が控えていたが、一向に追う気配がなかったことから、「伊達は大坂方に内通しているのではないか」とのちに噂された。

引き上げる軍勢の中にいて興秋は臍を噛む思いだった。もしも浅野長晟討伐のために日時を費やしていなければ国分村周辺は又兵衛はじめ西軍が占拠し戦局はまったく別の展開となっていたはずだったからだ。

翌五月七日の天王寺・岡山の戦いは古今稀なる激戦となった。西軍は茶臼山に鹿角兜に緋縅《ひおどし》の鎧に身を固め、紅の厚房を掛けた馬に跨った真田信繁率いる三千五百が陣を構え、天王寺の南側には銀色に輝く輪貫の前立て兜に、秀頼から賜わった紅錦の陣羽織を身につけた毛利勝永の軍勢四千が丘陵の陰に陣を敷いた。興秋は江原高次と共に真田隊の後方を固めた。東方岡山口には大野治房、御宿政人隊が、西方後方の船場には明石全登隊三百が遊軍として備えた。

一方東軍は奈良街道沿いの岡山口に将軍秀忠の本陣を置き、前衛に前田利光（利常）、続いて前日の戦いにおいて多くの負傷者を出したことで前衛を辞退せざるを得なかった藤堂高虎と井伊直孝、さらに今まで前線に出ることを許されずにいた細川忠興が加わった。天王寺口の前衛には本多忠朝、真田信吉、小笠原秀政、榊原康勝、松平忠直を配し、その後方を伊達政宗、松平忠輝が固めた。家康は秀忠の後方桑津村に布陣した。

本多忠朝は念願の先鋒に立ったことで何かに憑かれたかのような表情となっていた。はやる気持ちを抑えきれず今にも飛出さんばかりの勢いだ。先の冬の陣で、前衛を願い出たものの家康から「大局を見ることのできぬとは親の忠勝には似ても似つかぬ不出来な息子だ」と痛罵されそのうえ日頃の酒の飲み方まで叱責されたことは誰もが知るところとなっていた。その屈辱を晴らす一念でこの戦場に臨んでいたのだ。

また松平忠直と小笠原秀政は前日六日の八尾・若江の戦いで藤堂隊と井伊隊が苦戦していたのを知りながら援軍に駆けつけなかったと家康から厳しく叱責されていた。特に家康の孫に当たる忠直は「昼寝でもしていたのか」と厳しく叱られたことを恥に思っていたことから、この日の先陣を願い出たが、「前衛をまかせたところでまた昼寝でもされたら堪らぬ」と一蹴され、ますます面目を失った。一方秀政は家康の嫡男信康の娘を娶り、娘千代姫を将軍秀忠の養女として細川忠利に嫁がせ徳川家とは二重三重の姻戚関係にあっただけに何としてでも面目を取り戻さなければならない立場にあった。

家康は伊達政宗や前田利光（利常）の外様大名に対して多少のことには目をつむっていたが、姻戚関係にある者や、譜代の臣に対しては容赦なかった。それは外様大名を引き締めるための牽制でもあった。一方、忠興は高虎が前日の戦いで譜代並みの扱いを受け先陣を担ったのをみて、今日こそ自分が先陣をと意気込んでいた。ところがこの日も後方に回され内心穏やかではなかった。それぞれの思惑が錯綜する中、決戦の時が刻一刻と迫ってくる。

西軍の作戦は東軍を小さな池や窪地が点在する足場の悪い天王寺まで引き付けたうえで、丘陵に伏せた毛利隊が奇襲を仕掛け、東の真田隊と西の大野治房隊が挟撃し、その間に明石隊が茶臼山を迂回して後方から家康の陣を襲うというものだった。両軍入り乱れたところで東軍から寝返りが出たと騒ぎ立てれば戦場は一気に混乱する。その混乱に乗じて真田隊を先頭にして家康の陣に襲い掛かり東軍を総崩れにさせようという作戦を立てていた。問題は如何にして東軍を足場の悪い天王寺手前まで引き出せるかにあった。


正午前には本多忠朝隊が茶臼山の麓一町半程に迫った。冬の陣で忠朝隊に陣借りしていた忠利は小倉に留められたことで参陣は叶わなかった。もしも忠利が参陣していたなら兄興秋と戦場で相まみえていたことだろう。信繁が陣する茶臼山に登った興秋が目にしたのは、紀州街道沿いの勝間村から平野川河岸の桑津村までの約半里の地を埋め尽くす関東勢の圧倒的人馬の数だった。茶臼山の麓近くまで白地黒胴に「本」の字を染め込んだ本多隊の旗指物が迫り、東の天王寺方面は赤無地の前田隊の旗指物が炎のようにはためいている。

本多忠朝隊の後方には松平忠直隊の白地に朱の丸の四方旗や小笠原秀政隊の三階菱の旗が群

がっている。前田隊の後方には同じ赤無地の井伊直孝隊の旗と紺地に三連白餅の藤堂高虎隊の旗が続く。そのほか伊達政宗、松平忠輝、水野勝成らが脇を固めるように紀州街道沿いに陣を敷いている。幅にして半里、縦は南北一里以上も延々と続く東軍の最後尾に家康と秀忠の本陣があるはずだ。そこまで攻め入るのはいくつもの陣を突破しなければならない。

興秋は思わず生唾を飲み込んだ。それはあたかも小舟でしけの海に乗り出すようなものだ。しかし彼にひるむ気持ちは微塵もなかった。長かった屈辱の日々を晴らす日がようやく巡ってきたのだ。

## (3)

両軍の間に一瞬の静寂が覆った。開戦前に訪れる不気味な一瞬だ。こういうときはどんな猛者でも身震いをする。いわゆる武者震いだ。気が高揚し狂気の世界に入る一瞬でもある。そのとき紀伊街道沿いから突然、静寂を破る喚声があがり地響きと共に茶臼山の真田の陣めがけて一気に駆け出す一軍があった。前日の戦いで家康からきつく叱責された松平忠直が先駆けしたのだ。その勢いは凄まじく茶臼山を揺るがさんばかりの勢いだった。

その様子は茶臼山の頂きにいる興秋からもはっきり見てとれた。興秋は咄嗟に信繁の反応を伺った。信繁は遥か前方に目を向けたまま動かない。思わぬ展開となったとはいえ、信繁は冷静さを失わなかった。むしろこれに驚いたのは東軍の先鋒を任されていた本多忠朝だ。越前勢に後れをとってはならじとこれもまた一斉に茶臼山めがけて突撃を開始したのだ。冬の陣において家康から叱責を受けそれを恥に思い、この日に臨んだ忠朝だ。ここで越前勢に先を越されたらそれこそ恥の上塗りになる。さらにそれにつられたかのように越前勢の右に陣していた小笠原秀政隊が突撃を開始した。このような動きは家康ですら予測していなかったに違いない。

茶臼山の麓の天王寺には毛利隊が伏せていた。本多忠朝隊が大地を揺るがしながら半町ほどに迫ってくる。勝永にとって願ってもない展開となった。いかにして徳川軍を引き出すかが勝敗のカギとなると踏んでいたところ向こうから無謀ともいえる突進をしてきたのだ。十分に引き付けたうえで一斉射撃を浴びせれば大打撃を与えることができる。あとは迫りくる大軍を引きつけるまで恐怖との戦いとなる。数に劣る西軍が活路を開くにはまずその恐怖に打ち勝たなければならない。数呼吸おいた後、勝永の采が振り下ろされるはずだった。しかし東軍の地を揺るがすほどの凄まじい突撃に動揺したのか思いもよらず発砲する者が出た。恐怖が銃の引き金を引かせたのだ。それにつられ発砲する者が相次いだ。

これを茶臼山から見ていた興秋は顔を強張らせ思わず手綱を持つ手に力が入った。それに驚いた馬は大きく前足を上げ空をかいた。相手の挑発に乗れば家康、秀忠の陣に攻め込む前に軍は大きく消耗してしまう。そうなれば家康本陣に攻め込むことができなくなる。ここは肉を切らせて骨を断つ覚悟でできるだけ敵を引きつけたうえで一斉射撃を浴びせ敵が怯んだ隙に一気に家康本陣に迫らなければならないところだったのだ。

思いは信繁も同じに違いない。とはいえ茶臼山からでは毛利隊の発砲を止めようにも手の施しようもない。勝永もこのとき必死になって制止しようとしていた。しかし一度戦いの火蓋が切られると止める術はなかった。敵の勢いに飲まれての発砲は正確さを欠き威力は半減し、次の弾込めをしようとしたところを関東勢に踏み込まれ天王寺はたちまちのうちに両軍入り乱れる白兵戦となった。

先頭に立つ忠朝は遮二無二突き進む。するとその勢いに押されたかのように毛利隊が二つに割れた。忠朝は勢いづき、さらに前進を続ける。目指すは茶臼山の真田隊だ。その時だった。突き破られたかに見えた毛利隊の先頭が忠朝の後方に回り込むや後続を断った。先手を打たれたなら間髪入れず次善の策を講じることは戦術の鉄則だが、実際に行うのは至難の業だ。それを勝永は見事にやってのけた。

後続を断たれた本多隊は伏せていた毛利隊に前を阻まれる形となった。忠朝は強引に囲みを突破しようと血に染まった槍を振りまわす。しかし従う兵は次々と倒れていく。

「後続は？」

後ろを振り向くと毛利隊の壁を突き破ろうと槍を突き合わす味方の軍勢が見える。そのとき忠朝の太股に衝撃が走った。同時に馬が前足を大きく上げた。腿を槍で突かれたのだ。重心を失った忠朝はたまらず落馬した。膝をつき立ち上がろうとしたところを今度は横腹に槍を突き立てられた。忠朝は血走った目をむき槍を手繰りよせ相手を一刀のもとに切り伏せた。そのとき背後からまたしても槍を突きたてられた。忠朝は振り向き様に後ろの敵を切り伏せようとした。しかし最早ふんばる力は残っていなかった。天を仰ぐようにして半転すると、そのままドウとばかりに倒れ込んだ。大将を失った本多隊は一気に崩れた。


毛利隊は余勢をかって右翼の小笠原隊の横を突いた。そのとき茶臼山の興秋は信繁と共に天王寺方面に目をやっていた。信繁が興秋に言った。

「勝永隊が手薄じゃ、細川殿、江原殿、加勢願いたい」

毛利隊が崩れれば真田隊の家康本陣突入そのものができなくなる。今、毛利隊の戦闘に加われば徳川本陣に攻め込むこともできる。

「承知した」

そう言い残すと興秋は江原高次と共に兵を率い茶臼山を駆け降り毛利隊の元に向かった。

興秋たちの加勢によって勢いづいた毛利隊は小笠原隊の横腹を突き、秀政に重傷を負わせ、嫡男忠脩《ただなか》を討ち取った。これによって一気に小笠原隊は崩れた。東側の岡山には秀忠軍の先鋒前田利光隊一万五千が布陣し西軍の大野治房、道犬、御宿政友、岡部則綱の軍と睨みあっていたがその側面めがけて一気に攻め込んだ。前田隊は思いもよらぬ攻撃に動揺した。それとほとんど同時に御宿隊と岡部隊、続いて大野兄弟の軍が正面から攻撃を仕掛けてきた。前田勢は急ぎ正面の敵に対し応戦態勢をとった。そのことで一瞬、前田勢の後方部隊が手薄となった。興秋と勝永がそれを見逃すはずもない。一気に前田隊をかすめるようにして南に向きを変えその先にある秀忠本陣に向かって突き進んだ。それはかねて信繁と打合わせていた作戦とは大きく異なっていたが、戦では状況に応じとっさの判断で作戦を変えることも必要となる。興秋は毛利勝永と共にわき目も振らず秀忠本陣に攻め込んでいた。

そのとき秀忠本陣の守備に回されていた藤堂高虎、井伊直孝隊は家康本陣が真田隊に突き崩されたとの報を受け救援に向かっていた。先鋒として一万五千を擁する前田軍がよもや突破されることなど露ほども思ってはいなかったのだ。そのとき家康本陣は真田信繁の猛攻を受け、さらに船場から駆けつけた明石隊に攻め込まれ大混乱に陥っていた。当初明石隊は家康本陣の後方に廻り真田隊と挟撃するはずだったが、思わぬ本多忠朝の先駆けによりその作戦が破綻したため急きょ二手に分かれ家康本陣と秀忠本陣への攻撃に加わったのだ。家康本陣は真田信繁の猛攻により総崩れとなり側近の本多正純や松平定綱の隊までも散り散りとなり、家康は玉造方面へ逃れた。小栗忠左衛門に向かって「もはやこれまでじゃ！」と家康が叫んだのはまさにこの時だ。

前方では前田利光隊が大野治房隊と激しい戦いを繰り広げており、秀忠の回りには土井利勝、酒井忠世、青山忠俊、阿部正次といった譜代のほかに細川忠興隊三十騎ほどしか残っていなかった。細川本隊が忠興の元に来ていれば三千は下らなかったはずだが、家康は細川家の軍勢は忠利に預けさせていたのだ。

忠興は秀忠の前に立ちはだかり毛利隊の猛攻を凌いだ。ところがそこに明石隊が加わり息もつかさず襲い掛かってくる。明石隊に蹴散らされた秀忠本陣は浮足立った。さらに木村重成隊残党を率いる木村主計（宗明）の一群が攻め込んできた。彼らは胴丸と垂れのみといういでたちだった。決死の勢いにさすがの忠興隊もあわやというところまで押し込まれた。そのときその前に立ち塞がった男がいた。

その男は戦場というのに鎧兜を身につけずに帷子のみの姿だった。両の手を軽く横に開き左手には太刀が握られていた。それは柳生宗矩だった。彼は徳川方の将としてではなくあくまで兵法指南役として秀忠の警護のため戦場に臨んでいた。将として戦うということはないが、秀忠の身に危険が及ぶようなことがあれば自ら剣を振るう。秀忠は床几から腰を浮かせ長槍を手にして敵に立ち向かおうとした。羽虫が灯火に飛び込むように劣勢になると攻め寄せる敵に誘い込まれるようにして立ち向かい命を落とした武将は数知れない。秀忠はすさまじい敵の来襲に浮足立ち我を忘れ自ら敵の中に踏み込もうとしたのだ。それを制したのが宗矩だった。

殺気立った木村隊の残党が勢いにまかせ襲い掛かった瞬間、宗矩の刃が一閃した。一合もすることなく素肌に胴丸の敵兵の右腕を空中高く飛ばし、返す刃でほとんど同時に斬りつけてきたもう一人を袈裟掛けに斬り伏せた。宗矩は立ち向かってくる木村隊を次々と斬り伏せていく。この期に及んで木村隊の中に死を恐れる者は一人としていないが、打ち掛かっても声を立てる間もなく斬り伏せられることで宗矩を遠巻きにしたまま誰ひとりとして踏み込む者がいなくなった。

兵法指南役として人を生かす剣『活人剣』を唱える宗矩が後にも先にも『殺人剣』を振るったのはこのときだけだ。その宗矩は自ら踏み込んで敵を斬ることはなく、あくまで打ち掛かってくる者だけを切り伏せた。宗矩は日頃、家康が「大将たるもの戦場においてむやみに太刀を振るうべきではない。万が一のときでも敵の初太刀を躱せばよいのだ」ということを身をもって秀忠に示したといえよう。そのときの宗矩の様子を秀忠は後々繰り返し側近に話して聞かせたという。

戦場における一瞬の躊躇は形勢を一変させる。そのとき西方から徳川軍が駆け込んできた。家康の陣に向かっていた藤堂、井伊隊が秀忠本陣危機の知らせを受け急きょ舞い戻ってきたのだ。藤堂、井伊隊は木村隊の退路を塞ぐと同時に細川興秋、明石全登《てるずみ》隊の間に割って入った。今一歩というところで行く手を阻まれた興秋だが、それでも何としてでも突破しようと遮二無二太刀を振るった。しかし次々と押し寄せる敵に二重、三重と包囲されていく。数百単位の西軍と千単位の兵を動員する東軍が正面からぶつかり合えば劣勢は免れない。形勢はたちまちのうちに逆転した。このままでは全滅するというときに何処からか「死ぬな、生きよ！」という号令が掛かった。それは全登の声だった。これを機に西軍は東軍の包囲を崩し退却を開始した。

興秋は無念やるかたない気持ちで馬首を返したが、今一度秀忠本陣を見やった。そのとき僅か十間ほど隔てたところで木村隊に対して槍を振るう騎馬武者の姿が目に入った。武者は九曜の紋の旗指物に山鳥の尾の頭立というういでたちだった。それは紛れもなく父忠興の姿だった。

そのとき興秋に思いもよらぬ衝撃が走った。養父興元を出奔に追い込み、家督を自分にではなく弟忠利に継がせた父だ。その恨みを晴らしたい一念が彼をこの戦場まで駆りたててきた。ところがその父の姿を見た瞬間、関ヶ原の役で父の指揮の元で戦った記憶が鮮やかに蘇ってきたのだ。何故このようなときに十五年も前の記憶が蘇ったのか。彼は少なからず混乱した。彼は父の姿を認めたもののどうしても刃を向けることができなかった。興秋は迷いを振り切るように大坂城に向け馬を駆った。

引き上げの号令を掛けた全登は城には戻らず城の東方の黒門口まで退却し奈良街道に沿って走り去った。勝永は秀頼のいる本丸目指して駆け入った。興秋もまた大和川沿いに血路を求め退却した。その頃茶臼山では信繁が安居天神脇で松平忠直隊の西尾仁左衛門という者に首級を上げられていた。

西軍の主だった武将はことごとく討死した。秀頼はついに最後まで出馬することなく山里曲輪の一角にある矢倉の中で自害した。迂闊に出馬すれば西軍の浪人衆が秀頼の首をとり東軍に駆け込むというような噂も立つほど西軍の中には疑心が渦巻いていた。彼の元に集まってきた部将たちは「秀頼公の御ため」と口々に言うものの、様々な損得勘定が働いていたのも事実だ。それでもなおすべて承知の上で秀頼は彼らを抱え込んだ。

興秋はじめ真田信繁、毛利勝永、木村重成そして塙団右衛門、後藤又兵衛、御宿政友らが一度として出馬しなかった秀頼に対して抱く想いはそれぞれだったといえよう。しかし少なくとも彼らは秀頼によって武将として戦い、華々しく散っていく舞台を与えられたといえよう。

# 九　水無月の雨

## （1）

大坂の役によって豊臣家は滅亡し徳川家に対抗する勢力は一掃された。忠利は軍勢を引き連れ大坂へと向かっていたが到着前に勝敗が決したため軍勢を国元に返し、わずかな供周りを連れ家康・秀忠に拝謁するため伏見へと向かった。

家康、秀忠とも戦後の仕置きに多忙を極めていたので挨拶もそこそことなったが、忠利はその足で父忠興の元へと向かった。忠興は山科に商家を借り陣屋としている。忠興は毛利勝永の猛攻で秀忠本陣が総崩れとなったとき、わずかな兵ながら矢面に立ち援軍が来るまで何とか持ちこたえ危機を救った功によりことのほか家康からの覚えがめでたかった。黒田長政は軍勢を率いることは許されず戦の傍観者の位置に置かれたことから、忠興は九州で最も功ある大名ということになった。そうしたことからも決して悪い気はしていないはずだが、相変わらず渋い表情をして心の内を見せることはなかった。それというのも細川家中から西軍に加わった者が相次いで出たことで、今後幕府がどのような態度に出るか気を許せない状況にあったからだ。

幕府の手による落ち武者狩りはことのほか厳しく、匿えば厳しく罰するという触書が四辻をはじめ、市中いたるところに貼られていた。大坂方に与した者たちは行き場を失い次々と捕えられていく。太閤贔屓だった大坂の民も、大野治胤が堺に火をかけたことを決して許そうとはしない。戦において民衆を味方につけなければ勝利は望めないということを最もよく知りそれを実践してきたのは他でもない秀吉だった。その遺臣が太閤を慕っていたお膝元ともいえる民の家を焼き払ったのだ。豊臣方の大将格だった大野治房、治胤兄弟、長宗我部盛親、明石全登、仙石秀範らは何処へともなく姿を消したが厳しい捜索が繰り広げられる中、捕らえられるのは時間の問題といえた。

十一日には長宗我部盛親が京都八幡の草藪に潜んでいたところを捕らえられ、二条城門前に曝された後、四日後には六条河原で斬首された。盛親は七日の決戦では本丸に近い京橋口の守備を離れ京街道に沿って北に逃れた。盛親の選んだ道は力の限り戦って死んでいった真田信繁や、総大将秀頼を介錯し自刃した毛利勝永、討死覚悟で髪に香を焚きこめ戦場に臨んだ木村重成とは大きく異なっていた。盛親は捕らえられたとき「なぜ潔く自害しなかったのか」と問われこう応えた。

「一手の大将である以上、みだりに死を選ばず再起を図るべきものじゃ」

果たしてそのとき盛親は豊臣家に再起の目が残っていると考えていたのだろうか。

盛親斬首の報を受けた忠利は不吉な予感が走った。兄興秋が果たして生きているのか、それとも死んでしまっているのかは定かではないが生きているところを捕らえられ、市中を引き回されたうえ斬首ともなればこれ以上無念なことはない。忠利は興秋の身の上を案じる一方で豊臣方についた以上、華々しく戦い散ってくれていたらという思いがあるのも否めなかった。

家康は「向こう百か日の間に戦後のあと片付けを終わらすよう」と命じ、自らも京に留まり戦後処理に取り掛かった。将軍秀忠は父家康の躰を気遣い一日も早い駿府への帰還を勧めたが家康は首を縦に振らない。家康が率先して戦後処理を行うとなれば各大名も国元に帰るわけにはいかない。それぞれ仕事を受け持ち戦後処理にあたった。

長宗我部盛親の処刑と前後して、秀頼の遺児国松丸が捕らえられた。未だ七歳の稚児髪姿だったが、二十三日六条河原で斬首された。敵対した者はその一族を根絶やしにすることが戦の定めとはいえ、このことで幕府が落ち武者狩りに手心を加えないということが改めて鮮明となり、後難を恐れ密告する者が相次いだ。国松丸は秀頼が僅か十四歳のとき侍女に孕ませた子だ。孫娘の千姫を嫁がせた家康にとってこれ以上の面当てはなかった。そこに淀殿が豊臣家に徳川の血筋を入れまいとした意図があからさまに見てとれる。家康としては秀吉の遺言に沿って縁組をしたのだが、豊臣家は差し出された手を振り払ったに等しい。

六月二日、興秋が伏見に潜伏していたところを捕らえられた。興秋と行動を共にしていた米田是季も捕らえられた。忠利が懸念していたことが現実のものとなった。一報が入ったのはその日の戌の刻だった。忠利は山科の陣屋に父忠興と客人の小笠原忠政家臣川鍋貞道とともにいたが、知らせを聞くなり忠興は手にしていた盃を力いっぱい床に投げつけた。

「なに、生きて捕らえられただと、自害することもできぬ腑抜けめが！」

表情は怒りに震え顔は紫色に近かった。客の貞道が思わず顔を伏せるほどの剣幕だった。忠利にはそこに怒りだけではなく、困惑や悲憤が入り混じっているのを感じ取っていた。

興秋が生きて捕らえられたことは、出奔したときや、大坂城に入城したときよりも衝撃ははるかに大きい。何故なら今までのことは勘当された身であるということで細川家と一定の距離を置くことができた。しかし今回捕らえられたことで、細川家の対応が改めて試されることになったからだ。

怒りに震え紫色だった忠興の顔が今度は青白い冷ややかな色となった。

「幕府の命を待つまでもない。忠利、明朝早々に本多（正純）殿のところに行き、斬首となろうとも異存はないとこのわしが申していたと伝えてまいれ」

「しかし大御所様の裁定の前にこちらから処分について申し出るのは僭越のそしりを受けるのでは」

「たわけ！　それでは遅いわ！　大御所様の裁定が下ればそれに逆らうことはもとよりできまい！　その前に処分を申し出てこそ意味があるのじゃ」

忠興は興秋に対する怒りを忠利に向けてきた。忠利はそれを十分承知していた。むしろ兄興秋に対する怒りを少しでも自分が受けとめようと思った。それがせめても兄興秋に対して今の自分がなせることだと思った。

「国松丸様ですら斬首となったのじゃ、秀頼公の元に馳せ参じた興秋が許されるはずもない。幕府の手によって斬首されたとなればそれによってわしが大御所様や、将軍家に対し意趣を抱くに違いないと噂する者が必ずや出よう。そうなったら黒田家の二の舞じゃ」

かつて黒田如水は関ヶ原の役に乗じて家康に領地切り取り次第を申し入れ、九州制覇の野心をのぞかせた。その際豊臣方と通じるような動きがあったことで長政の代になっても未だ警戒されている。長政は関ヶ原の役で西軍諸侯を調略し東軍に加担させた功により筑前五十二万三千石を与えられ、家康に「徳川家が続く限り黒田家に対し粗略あるまじ」と言わしめた武将だ。その長政ですらこ度の戦では兵を率いることは許されなかった。

このことを目の当たりにしているだけに忠興はことのほか幕府の出方に敏感になっていた。興秋の出奔が細川一族として大坂方と繋がりを維持しておくための伏線であったのではないかと見られることを警戒しているのだ。とはいえ幕府の裁きが下される前に斬首を申し出ることは弟の忠利としては余りに忍びない。

（如何なる理由にせよ我が子を死に追いやるようなこととなれば父上は一生拭いがたい悔いを残すことになる。兄上にしても大坂方につき一軍の将として戦った以上、捕らえられれば斬首となるのは覚悟の上だろうが、父への恨みを抱いたままこの世を去るようなことになれば成仏できまい。いや、恨みは父ばかりではなくこの私にもあるはずだ。そもそも兄上が出奔したのは家督相続が元だった）

こう思うと忠利は、兄興秋を突き放すことはできなかった。

## (2)

翌朝、忠利は小笠原長成を供に本多正純のいる二条城に向かった。正純はそのとき多忙を極めていた。大坂方の残党の追捕の仕切りに加え、主のいなくなった大坂城に誰を据えるかについて家康と秀忠が密儀する手配を講じ、さらには孫娘の千姫を庇う家康の意向を父親である秀忠に繰り返し伝える役を仰せつかっていた。秀忠は千姫が何故秀頼とともに自害しなかったのかと責めていたのだ。また六男忠輝が八日の決戦の日に戦闘に加わらず不穏な動きがあったとして家康の不興を買ったことで舅政宗から取りなするよう申し出を受けるなど次々と難題が降り掛かっていた。正純の置かれている立場はこれまでより格段に重さを増していた。

忠利は十畳ほどの間に通されるとその奥に小机を横にした正純が座っていた。御縁に通じる襖は明け放たれ中庭が望める。これは特定の者と密談をしないという正純の配慮の表れなのだろう。忠利が部屋に通されると正純は軽く会釈して迎え入れた。用件は承知しているとでもいうかのような表情だ。

「長岡興秋が捕縛されたと聞き、例え縁を切った者とはいえ、お手を煩わせたお詫びに父忠興の名代として参りました」

興秋は勘当された身であることから忠興は興秋を細川姓で呼ぶことを禁じていた。

「それは念入りなことで、して越中（忠興）殿は何と仰せでしたか」

忠利は思わず歯ぎしりした。正純は今までこのような物言いをすることは決してなかった。東軍の圧勝に終わったことで彼の態度にも微妙な変化が現れてきているようだ。忠利には正純が細川家を試しているかに思えたのだ。

「興秋は勘当した者なれば、御処分は当家に気兼ねすることなくご存分にとのことです」

「さすが越中殿らしいお言葉でござる」

正純はそう言って頷いた。その言葉は興秋の死罪が避けられないことを意味しているかに響いた。

「されど……」

正純はおもむろに口を開いた。忠利はそれにつられることなく次の言葉をじっと待った。正純はしばらく忠利の出方を待っているようだったが、聞き返してくる様子がないと思ったのか、言葉を繋いだ。

「大御所様のご裁断はすでに下ってござる」

その言葉を聞いたとき忠利の鬢から冷たい汗が一筋流れた。

（すでに裁定は下されていたのか）

忠利は興秋の死罪を覚悟した。ところが正純の言葉は思いもよらぬものだった。

「罪一等を減じ、大名家お預けの身となりましょう。本日午後には越中殿の元に使いが走るところでござるが、内記殿（忠利）が越中殿の名代ということでおいでになられたので、ここでお伝えしても差障りありますまい」

思ってもみない正純の言葉だった。『罪一等を減じる』とは『本来ならば死罪のところ』という含みがあるのは明らかだ。

「越中殿は毛利勝永隊の攻撃から将軍家をお守りしたことで、大御所様の覚えも一段とめでたいことから、そのようなご裁断となったのでござろう」

「父忠興は興秋が死罪になろうとも異存はない旨大御所様にお伝え願いたいと申しておりましたが」

「大御所様のご裁断が下った以上、それに従うべきでしょう。したが越中殿のお言葉はしかと大御所様にお伝えいたしましょう」

「かたじけない」

そのとき忠利に安堵の気持ちがあったのは否めない。

「して興秋は今、どこに捕らえられているのでしょう」

「伏見の稲荷山東林院という寺にお預けの身となっています。米田監物もまた助命が決まりました」

「米田までも……」

「さらに越中殿ご舎弟の興元殿はこたびの戦で目覚ましい働きをなされたということで大御所様の覚えも大変めでたいようですぞ。将軍家もまた同様のお考えのようです」

「身に余るお言葉、早速、陣屋に戻り父に伝えることといたします」

「興秋殿と監物は京都所司代板倉殿の監視の元に置かれています。興秋殿は水野勝成殿の元にお預けとなるでしょう。板倉殿には拙者から内記殿がお見えになったことを伝えておきましょう」

「かたじけない、重ね重ね御礼申し上げます」

忠利は正純の言葉に救われる思いがした。彼は父忠興の待つ山科の陣屋に急ぎ帰った。

忠利は陣屋に帰るとすぐさま忠興の元に行き、委細を報告した。忠興はいつものように右肘を脇息に乗せじっと聞いていたが、忠利が話し終わるとおもむろに口を開いた。

「して忠利殿は本多殿に何とお伝えしたのじゃ」

「当家に気兼ねすることなく存分にご処分願いたい旨を真っ先にお伝えしました」

「そうではない、大御所様の裁定を賜った後のことじゃ」

「無論、たとえ斬首になろうとも異存はないと父上が申されたこともお伝えしました」

「して、本多殿は何と言われた」

「大御所様のご裁断が下った以上、それに従うべきと申されましたが、父上のお言葉はしかと大御所様にお伝えするとのことでした」

「それでそなたは何と申したのじゃ」

忠興は執拗に問い質してくる。

「大御所様の裁定に口を挟むことは僭越の誹りを受けると考え、それ以上は申し上げませんでした」

こう言ったとき忠興の怒声が飛んだ。

「お主、それを大御所様の本心と思うてか」

忠利はその剣幕にギクリとした。

忠興は射すような視線を忠利に向けている。忠利は思わず生唾を飲み込んだ。そんな忠利に忠興は追い打ちをかけるように言い放った。

「これでは細川の家もお主の代で滅びることになろうぞ。よいか、お主は大御所様の裁定なればそれに口は差しはさめぬと申したが、それはお主の甘えた心の現れじゃ。大御所様が裁断を下された以上、外様の我らの意見など通るはずもない。したが当家にとって都合のよい裁定を甘んじて受けるということは、都合の悪い裁定も甘んじて受けるという証にはならぬのだぞ」

忠利は思わずまじまじと父の顔を見詰めた。外様大名には決して心を許してはいないといわれている家康だが、父もまた家康に心を許してはいないことを改めて知る言葉だった。

「大御所様はかつて右府様の命によって嫡男信康殿に切腹を命じられた。そのとき親子の情を断ち切ってまで家の存続を図られたのじゃ、我らがそれを他人事と思ってよいはずもなかろう」

かつて家康の嫡男信康は武田家内通の嫌疑を信長から受け父から切腹を命じられた。しかし果たして内通の事実があったかということは不明だ。武田勝頼による徳川家に揺さぶりをかける内部工作の疑いも捨て切れなかったのだ。そのとき家康は信長との同盟にひびが入ることを避けるため、断腸の思いで息子に切腹を命じた。

家康は関ヶ原の役の際、上杉景勝の抑えとして誰を宇都宮に残していくかを評議している席で『信康さえ生きていれば』と漏らした。それは死に追いやった息子を未だに忘れることができずにいることをいみじくも顕していた言葉といえた。忠利にはそこに不幸な死を遂げた息子を悼む気持ちのほかに、息子の嫌疑を晴らすことができなかった慚愧の念が未だに消えずにいるように思えてならない。

忠利には今の父がかつての家康の立場に置かれているように思える。父忠興は肉親の情を捨て、非情な決断を下さざるを得ないところに追い込まれている。しかしここで兄を死に至らしめるようなことをさせては一生涯拭うことのできない悔いを父に背負わせることになる。それだけはさせてはならないと思った。ところが忠興は厳しい口調で命じた。

「幕府からの知らせが来る前に今一度本多殿の元へ行き、わしから興秋に切腹を命じる旨伝えて参れ」

いかに父の言葉とはいえ忠利はさすがに承服しかねた。

「なにをぐずぐずしておる、ここが肝心なところぞ、このくらいの判断ができずしてどうする」

父の言うことが果たして本心なのか、それともそこに隠された思いがあるのか緊迫した状況の中、忠利は懸命に思いを巡らした。

忠興は上気した顔で忠利を睨んでいる。それは今まで見たこともない何ともいえず不思議な表情だった。怒りの中に悲しみと迷いが隠されているかのようだった。忠興は己の感情を押し殺し心を鬼にしているのだ。

「父上のお考えはよく分かりました。今一度遣いいたしましょう」

「今度こそしかと細川家の決意のほどを伝えて参れ」

忠利は直ちに陣屋を出た。しかし忠利の向かった先は本多正純の居る二条城ではなく、京都所司代屋敷の板倉勝重の元だった。

（3）

所司代下屋敷は二条城の北側にある。勝重は家康の信任厚く慶長六年の関ヶ原の役以降、十五年もの間京都所司代の職に就いている。このたびの大坂の役においても豊臣方の動きを逐一駿府の家康の元に報告し、西国大名の動きにも目を光らせていた。

勝重は若い頃僧籍に身を置いていたが、板倉家の継承者が次々と戦で命を落していったため、家康の命により三十半ばで還俗し板倉家を継ぐこととなった。長い間仏門に入っていたことから、七十歳と高齢ながら寺社の多い京都において治政を行うにはまたとない人材といえる。

興秋は伏見の稲荷山東林院に身柄を預けられたまま、京都所司代板倉勝重の手に移されていたことから兄興秋に会うとしたらまずは勝重の了解を得なければならない。忠利は何としてでも興秋に会い、たとえ父忠興が何と言おうと幕府の裁断が下ればそれに従うよう伝えようとした。すでに勝敗は決したのだ。興秋は意地を通した。もうこれ以上意地を通しても何の意味も無いことを分からせたかった。

忠利が興秋への面会の許可を得ると勝重は与力一人を案内役としてつけてくれた。忠利は丁重に礼を述べると長成と共に東林院へと向かった。その寺は鴨川の南に位置し稲荷山の山腹にある。石垣が組まれた坂道を登っていくと道沿いに開けた平地がありそこに続く階段が伸びている。その階段を登り切ったところにひっそりと佇むように寺が建っていた。周りは雑木林に囲まれているが、境内はきれいに掃き清められている。

寺の周囲には十人ほどの兵が長槍を持って警備にあたっている。西軍の罪人であることから寺の周りには竹矢来が組まれていてもおかしくはなかったが、そうした重々しい備えはなかった。同行してきた与力は警備の隊長と思われる男と話をした後、住職に挨拶をした。忠利は腰の大小を警備の者に預けると住職の案内で同心と共に玄関をくぐった。

果たして興秋はどのような様子でいるのだろう。囚われたままの姿でいるのだろうか。髭は当たっているのだろうか。忠利にどのような言葉を投げかけてくるだろうか。さまざまな想いが駆け巡る中、忠利は住職の後について回廊を進んでいった。その突き当たりは渡り廊下になっており、小さな別棟に繋がっている。別棟の板戸の両脇には二人の見張りがついている。

「開けよ」

同心が言うと見張り番がかしこまって板戸を開いた。六畳ほどの部屋の中は薄暗かった。小さな文机の横で北向きに瞑想するかのように武者座りしている男がいる。それは紛れもなく興秋だった。板戸が開いても木像のように座り続けている。

忠利は一礼すると部屋に入った。南側の壁には丸い小さな明かりとりがあり、西側の透かし彫りの欄間から僅かに明かりは入ってくるが、板戸を閉めれば文字がかろうじて読めるほどの明るさだ。


興秋は白い小袖姿で、髭も整え、髪もすいて小ざっぱりした姿だった。長宗我部盛親らが捕縛されてから斬首されるまでの扱いに比べれば、格段の差といえる。これは家康の意向を察した勝重の配慮なのだろう。

「兄上」

忠利は横向きの興秋に対して両手をついて声を掛けた。

興秋は忠利の言葉に対してピクリとも動かない。

「光千代にございます」

忠利はもう一度声を掛けた。

興秋はわずかに忠利の方に顔を向けながら無表情に言い放った。

「これは忠利、このわしを笑いに参ったのか」

それは敵意と屈辱が入り混じった、絞り出すようなかすれた声だった。

忠利は無言のまま興秋の顔をじっと見つめた。興秋の目は何も映っていないようなうつろな光を放っている。

「何しに参った、わしが市中引き回しにされ首をはねられるところを見届けに参ったのか。それとも替え玉とでも思ってのことか。正真正銘の興秋じゃ。忠興殿にも伝えよ、これでさぞかし安堵することであろう。分かったならいね」

興秋の心は思った以上に頑なになっているようだ。それも無理ないことだ。忠利には言いたいことが山ほどあるがここで迂闊な言葉を掛ければ興秋の神経を逆なでにすることになる。忠利は向き合おうとはしない興秋の横に並ぶようにして正座した。しばらくの間沈黙が続いた。忠利にはそれが少しも苦痛ではなかった。今までずっとこうしていたようにすら思えてくる。

「戦場で会いとうございました、会うことができたなら力いっぱい戦うことができたでしょうに」

　忠利がそう言うと興秋は横顔に不敵な笑みを浮かべて言った。

「お主、わしと槍合わせして勝つつもりでいたのか……そうか、お主も最早、昔の光千代ではないか、柳生宗矩について兵法を学んでいるとか、さぞかし腕を上げたであろうな」

「槍合わせしたところで兄上には今でもかないますまい、それでもよいと冬の陣には本多忠朝殿の隊に加えていただきました」

「忠朝の陣にいたのか、それは惜しいことであった」

　興秋は皮肉を込めて言った。

「兄上にお尋ねしたいことがあります」

「ふふん、冥途に旅立つ前に何を聞いておこうというのか」

「兄上は決戦の当日、真田隊の後陣であったと聞いております。なぜ信繁殿と運命を供になさらなかったのですか」

　忠利が言うか言わぬうちに興秋の様子が一変した。そして武者座りのままはじめて忠利の正面に向き直った。薄暗い部屋の中で興秋の目は今にも襲い掛からんばかりに大きく見開かれていた。

「おのれは、そのようなことを言いにわざわざ参ったのか」
忠利は気押されるものを感じながらも興秋から目を離さなかった。

兄弟とは不思議なもので、いくら年を重ねたところで、また立場が変わったところで兄は兄、弟は弟として幼い頃から決して変わらないものがある。そして弟には兄に対していつになっても取り払うことのできない遠慮というものがあるものだ。しかし、忠利はあえてそれを打ち壊そうとした。打ち壊した後に兄でもない弟でもない、血のつながった『兄弟』として相対そうとしていた。

「なんで命など惜しもうか、わしらは七日の決戦の日には江原隊とともに真田隊の後ろに控え、家康を茶臼山の麓まで引き付け、一気に襲い掛かるはずであった。しかし思いも寄らず毛利隊と本多忠朝隊との間で戦いが始まったのでそこへ加勢に向かったのじゃ。そして我らが秀忠本陣に攻め入る今一歩というところで家康本陣に攻め込んだ真田隊は全滅し茶臼山は松平忠直の軍勢で埋め尽くされてしまった。援軍に駆けつけてきた明石殿はやむなく引き上げの合図を出し毛利隊もそれに従ったのじゃ。わしはあくまで秀忠本陣に攻め入り斬り死にする覚悟でいたが、退却する味方の軍勢に巻き込まれ引き上げざるを得なかったのじゃ」
興秋は一気にこうまくしたてた。それは今まで胸に溜まっていたものを一気に吐き出すかのような勢いだった。生きながらえたのは決して命を惜しんだからではないという思いを誰かにぶつけたかったに違いない。しかし逃亡の身とあってはその相手すらなかった。命を惜しんで逃亡した揚句、捕縛されたと思われるのは興秋にとって耐えがたいことだったに違いない。

「勝永殿は城に戻り右府様（秀頼）を介錯なされたのち、切腹なされました。治長殿もその場で自害なされた」

静かに語る忠利を興秋は真っ赤に充血した眼で睨みつけた。忠利はひるむことなく言葉を続けた。

「盛親殿は捕らえられ六条河原に首を曝されましたが、明石全登殿、大野治胤殿の行方は未だ知れませぬ」

「これだけ監視の目が厳しければ、逃れきれまい」

「そうと知りながら兄上は戦場から離れられた」

「それは戦に勝った者が言う言葉じゃ、勝敗は兵家の常なれば、一度や二度戦に敗れたからといってあきらめぬものぞ」

「では、豊臣方の血筋が絶えたいま、兄上は何のために戦おうとなさるのですか」

興秋は血走った目で忠利を睨みつけた。その目つきは父忠興に余りにも似ていた。

「お主はわしに自害すべきであったと言いたいのであろう」

「いえ、そうではありませぬ」

「何が違うと言うのじゃ！」

「戦の勝敗は時の運といえます。大御所様も将軍家もあわやという時がありました。しかし、勝敗はすでに決したのです」

「それゆえ、わしはこうして囚われの身となり、首をはねられるのを待っておる。それでよいではないか」

「敗北を認めたうえで、聞いていただきたい」

興秋は無言のまま忠利を睨みつけている。こめかみにはくっきりと青筋が立っている。

「大御所様は兄上を水野勝成殿お預けの身とされるお考えとのことです」

そう言われた興秋はすぐにはその意味が呑み込めないようだった。

「兄上に従っていた米田監物も捕らわれましたが同じくお預けの身となるでしょう」

「お預けの身……」

興秋は思いもよらなかったことを耳にしたような顔となった。

「大御所様は兄上の罪一等を減じ大名お預けとの裁断を下されました」

　忠利がこう言うと熱に浮かされたような興秋の目が宙を泳ぎ、今まで張りつめていた気が一気に萎んでいくかのような表情となった。それは明らかに屈辱の色だった。家康が助命するということは、いかなる理由があるにせよそれは、戦の勝敗を左右するほどの者ではなかったという評価も含まれていると興秋はとらえたのだろう。

## (4)

　それまでの興秋は細川家を飛び出し、幕府に対抗して豊臣方について戦った。このまま斬首となれば、少なくとも意地を通して死んでいったことにはなる。

（それにどれだけの価値があろうとも兄上にとって唯一の心の拠り所となるのだろう。たとえ六条河原で斬首され首を曝されようと、それは父上に対する反抗の証となる。細川家の身内から幕府に逆らうものが出たということで父上が大御所に対してどのように弁明するのか想像しながら死んでいこうとしているのかもしれぬ）

　忠利はこう推測した。ところが家康は大名お預けの身とするよう裁定を下した。これで興秋は父忠興にも、幕府に対しても意地を示す機会を失ってしまったことになる。

「このわしに生き恥を曝せと言うのか……」

興秋は自嘲気味に呟いた。

「兄上は先ほど『勝敗は兵家の常』と申されました。さればこそ負け戦となっても無駄死にはなさいませんでした。秀頼公が生きている限り再起の目はあると信じたからでしょう。しかし秀頼公は自害され、豊臣家の血筋が絶えたことで戦そのものの大義名分が失われたのです」

興秋の目の焦点は定まらず、忠利の言葉がどれだけ届いているか分からなかった。

「兄上は父上に対しても十分意地を通されたのです」

「お主は何が言いたい……」

興秋の声は上ずりわずかに震えていた。

「大御所様はこれ以上争うことは望んでおられません。すでに太平の世造りのため動かれています」

「騙されぬぞ、家康は和議を結んでおきながら大坂に攻め込んでくるような表裏ある男なのだ」

「それは違いましょう。冬に和議を結んだあとに再び浪人どもを城内に呼び戻し、埋められた堀を掘り返し、堺の街を焼き払い戦の先端を開いたのは他ならぬ大坂方です」

「ふふん、お主は何を見ている。城の周りを包囲してそのような状況に追い込んでいったのは誰あろう家康ではないか」

「城内に浪人どもを呼び込み、市中の米を買いあさっていると聞けば、大御所様ならずとも治安を守るために手を打つことは当然のことといえましょう。治長殿は戦を避けるために何度も大御所様の元へ使いを出したようですが、残念ながら城内の主戦派を抑える力はありませんでした。

兄上は大坂方を戦へと追い込んだのは大御所様のように申されますが、それでは豊家は幕府が抱いた疑惑を晴らす手立てを何かなされたのでしょうか。大坂方が体面にとらわれることなく戦を回避する姿勢を明確に示せば、幕府としても戦の大義名分は立たなかったはず。その努力を怠り浪人共を大坂城に集め、兵糧を備える動きを公然と行えば誰の目から見ても戦は避けられないと映るはず。秀頼公を滅亡の淵へと追い込んだのは誰あろう忠義を振りかざす家臣たちだったのではないですか」

興秋は忠利の言葉に一瞬目を剥いて何か言おうとしたが、思い止まり大きくため息をついた。

「今さら何を言っても詮無いことよ……」

「すでに勝敗は決しました。どうか兄上には謹慎の意を表していただきたい。さすれば父上も大御所様の裁定に従うこととなりましょう」

「フフフ……お主、それを本心で言っているのか」

興秋は嘲笑するかのような口調で呟いた。

「父上は自分には寛大であっても、他人や兄弟、子供には非情なお方じゃ。明智の謀反の折には母上を山里に隠し難を逃れさせたが、それは己の妻だったからじゃ。関ヶ原の役では、石田三成の兵から難を逃れた義姉《あねうえ》（千世）を離縁させようとし、それを庇った兄上（忠隆）を廃嫡した。それればかりか異を唱える者はことごとく遠ざけ、実の弟までも他国へ出奔させた。常に家康の顔色を伺っている父上は、忠誠を示すためわしの首を差し出すことなど何とも思わぬのじゃ」

「言葉を慎みなされ！」

忠利は厳しい口調でたしなめた。しかし興秋は意に介すことはなかった。

「どうやらわしは死ぬ機会を逸したようじゃ、今さら命を惜しむ気はさらさらない。あの世に逝って塙団右衛門や後藤又兵衛、真田信繁らと顔を合わせても恥じぬような死にざまを見せてくれよう。秀頼公はわしを武将として扱ってくださった。わしは秀頼様のために戦い、敗れた。豊家が滅んだとあっては死ぬだけじゃ、それに何の悔いがあろうか……もうよかろう、これを聞いて安心して父の元に帰れるであろう」

こう言うと興秋はくるりと横を向き、再び壁と向かい合った。

これ以上話をしても興秋の頑な心は溶けることはないようだ。しかし忠利は立ち上がることができなかった。興秋の心をこのようにした一因は自分にあると思うとそのまま立ち去ることはできなかったのだ。

「大御所様は今、兄上を助命なされようとしています。私はそこに大御所様の深い御心を感じずにはいられないのです」

興秋は横を向いたままだった。

「これは兄弟の情で言っているのではありません。『大義』のためにではなく小さな『意地』のために戦に加わり死んでいこうとした兄上が口惜しいのです」

興秋は何かを言いかけたが思いとどまったようだった。そしてじっと考え込む様子だった。忠利もそれ以上言葉を継ぐことはなかった。

長い沈黙の後、興秋が口を開いた。

「お主はわしが勝手に父上を恨み、大御所を敵に回し、『意地』のために死んでいくと思っているのか……あるいはそうかもしれぬ。大御所が今、父の戦功を理由にわしの一命を助けるという。笑止千万ではないか。そのうえ言われるがままに江戸に質として赴き、常に父上の顔色を窺っていたお主が、今こうしてわしを諭そうとしている。面白いものじゃのう」

無論、忠利には興秋を諭そうという気持ちなどあろうはずもなかった。

「わしは徳川幕府に抗い続け戦い、そして敗れた。ただそれだけのことじゃ。大坂城に入ってこうした生きざまをする者たちを嫌というほど見てきた。彼らはわし同様に、そうした生き方しかできなかったのじゃ。秀頼公はこうした我らを拾い上げ再び武将として扱ってくださった。その恩義は忘れるものではない。そのことを幕府の者どもに示すだけでも一石を投じたことになろう。

忠利、お主は細川家を存続させるために戦っているのであろう。しかしそれをわしにはできなんだ。こたびの戦でわしは意地を通させてもらった。それが唯一わしにできることであった。ところが今父上の功で一命を助けられようとしている。所詮わしは父上の掌で踊っていただけのことだったのかもしれぬ……もうよかろう、わしは生き長らえようとは思わぬ。また生まれ変わったとしてもやはりこのような生き方しかできぬ男なのじゃ」

こう言うと興秋は壁に向き直り静かに目を閉じた。

忠利は掛ける言葉が見つからなかった。興秋は結果がどうであれ己にできることを精一杯やったのだ。それに対して同情したり嘆いたりすればそれこそ不遜になるという思いに行きついた。そう思うと忠利は全てのしがらみを投げ捨て兄の肩をかき抱き泣きたい気持ちだった。それがかなわぬならいつまでもこうして兄の傍に座り目を閉じていたかった。今の忠利ができることはそんなことしかなかった。

しかしいつまでもそうしていることは許されるはずもない。やがて忠利は目を開け、兄に深々と一礼して立ち上がった。そして板戸を引いて外に出ようとした。その時、興秋が忠利に声を掛けた。

「光千代」

「はい」

興秋は忠利を幼名で呼んだ。忠利は何の違和感もなく返事をした。僅かに開いた板戸の隙間から一条の光が差し込み薄暗い部屋の中にいる興秋の顔を照らしている。その顔は幼い頃忠利を連れ丹後の野原を駆け巡っていたときの兄の顔だった。

「今日はよう来てくれた」

興秋はそう言って微かに頬笑んだようだった。忠利は思いもよらぬ忠興の言葉にとまどい返事もできぬまま、かろうじて笑みを返そうとした。しかしその顔がひどく歪んでいることが自分でも分かった。忠利は突然こみ上げてきた感情を抑えきれず思わず部屋に駆け入ろうとした。しかし興秋は目でそれを制した。忠利は歯を食いしばり、両こぶしを固く握りしめ敷居の処で立ち尽くした。全身の血が逆流し音を立てて体中を駆け巡った。そのままどれほどの時間が経ったのだろう。それは決して長い時間ではなかった。しかし二人の間には時間では測り得ないものが確かに流れていた。興秋は微かに目礼すると壁に向かい再び振り返ることはなかった。兄の言葉があたかも今生の別れのように忠利の胸に響いていた。立ち尽くしたまま兄の横顔を見つめていた忠利だったが、やがて肩を落し深々と一礼して廊下に出た。後ろで見張り役が板戸をゆっくりと閉める音がした。外は雲間から薄日が差しているというのに霧雨が降っていた。南天の葉が雨に濡れ微かに揺れている。

忠利が興秋の元を辞してから間もなく、入れ替わるようにして忠興の使いが東林院へやって来て見張り番の隊長に断りを入れたうえで興秋の部屋に入った。使いの者は密かに細長い包みを興秋に渡し帰っていった。それを忠利は知る由もなかった。

夜半から降りだした雨は明け方まで降りつづけた。忠利はある予感を懐きながらまんじりともせずに微かに聞こえてくる雨音を一晩中聞いていた。その朝、あわただしい足音が聞こえてきたかと思うと強ばった表情をした長成が駆け込んできた。長成は興秋自害の報を持ってきたのだ。

幽閉される興秋の元に学僧が朝食を持参し、部屋に一歩足を踏み入れるとそこに自害した興秋の姿があったという。思わず膳を落とし、そのけたたましい音に驚いた見張りの者が学僧を押しのけ部屋に踏み込んだところ興秋は腹を十文字に掻き切り刀を首に当て床に前のめりになって倒れていた。切っ先は首の後ろまで突き抜けていた。興秋は父忠興が届けさせた脇差を用いて自害したのだ。自害に用いた脇差は細川家家宝の左文字だった。

長成から興秋自害の報を受けた忠利は陣屋で独り涙した。興秋の意地の前に無力だった自分が恨めしかった。興秋はかつて証人として江戸に赴くことを拒み出奔した。父の命に従うことより己の気持ちを偽ることを拒んだのだ。父忠興はお家存続のため家中を厳しく律し、それに従わない者は例え我が子であろうと容赦なく厳しい処分を下した。お家存続のためにそれは避けて通れないことでもあった。これによって生じた親子の溝はついに埋めることができなかったのだ。

忠利にとって不可解だったのは興秋が父忠興の送り付けたという脇差を用いて自害したことだ。長年にわたり父忠興と反目してきた興秋なら、たとえ父に切腹を命じられたとしても、唯々としてそれを受け入れるはずはない。恐らくもう一度騒動を起こし衆目の集まる六条河原で斬首される道を選んだはずだ。そうすれば細川一族には幕府に反抗する者がまだまだいるのだということを身をもって示すことになり、父を窮地に陥れることもできた。ところが興秋はその道を選ばなかった。それは何故だったのか。このことで世間は家康が死罪を免除したにもかかわらず、父忠興は我子を許さず自害させたと見ることだろう。それは期せずして細川家の忠誠心を徳川幕府だけでなく諸大名に示すこととなるのだ。そうなることを分かっていながら自害した興秋の心の内を忠利は掴みかねていた。ただ、

「このような生き方しかできぬ男なのじゃ」

こう言った興秋の言葉がいつまでも耳について離れなかった。それは政権を確立していこうとする徳川家と、家の存続を図る父忠興の思惑の狭間で翻弄され続けてきた興秋が秀頼の元で戦うことに心の拠り所を見出し、戦場で死すともそれが天命であるという思いに至った心の内の叫びだったのかもしれない。

忠利は父忠興の陣屋へ向かった。忠利は欄間をくぐり控えの間から声を掛け父の居る部屋の襖を開けた。しかしそこに忠興の姿はなかった。ふと中庭に続く縁側に目を向けるとそこに背を向けた忠興の姿があった。忠興は背を向けたまま振り向くことはなかった。それは今までに見せたことのないような放心したような後ろ姿だった。今、忠興はそれを隠そうともせず坐っている。

今まで忠興はお家安泰を図るため如何なる妥協も許さず家中を律してきた。それ故大坂方に付いた興秋を許すことはなかった。しかし一方で興秋が幽斎の援助を受け細川家臣の娘を娶ることを黙認してきた。また、廃嫡した長男忠隆が幽斎の禄を受け継ぐことに対しても苦情を差し挟むことはなかった。忠興は藤堂高虎のように家康の懐に飛び込んで仕えるような真似はしない。かといって最上義光《よしあき》のように家康が目をかける次男を後継ぎにするため、長男を殺させるようなこともしない。巨大な渦に巻き込まれまいとしながら徳川家とは一定の距離を保ち家の存続を図ってきた。忠興の心の内を知る者は松井康之を失ってからというもの誰一人としていないだろう、また知ってもらおうとも思わない、そう語っているかのような後ろ姿だった。

忠利は陣屋に来るまでは兄興秋を死に追いやった父に対して恨み言のひとつも言いかねない自分を抑え難かったが、父の後姿を見て果たして自分はこれまでに父の背負う荷をどれだけ担ってきたのかという自責の念に駆られた。父の振るう剣は敵対する者を倒さずにはおかぬ『殺人剣』といえる。これまではそれを非難できない時代であった。一方で同じ時代に相手を生かすために振るう『活人剣《かつにんけん》』も存在した。上泉伊勢守から石舟斎、そして柳生宗矩へと引き継がれた新陰流の教えだ。家康はその剣の神髄に触れいち早く治世に生かそうとしてきた。忠利が人一倍熱心に新陰流を学ぶようになったのも父の用いる『殺人剣』を必ずしも肯定していないことによるものだ。倒すか倒されるかの戦いに明け暮れた時代がようやく終わりを告げようとしている。ここで争いの連鎖を断ち切らなくては再び乱世を呼び込むことになりかねない。今こそ『殺人剣』でなく『活人剣』を振るうときなのだ。

「それをそなたにできるのか」

父の背中がそう問うているかのようだった。忠利は父から大きな課題を突き付けられたかのような思いがした。

庭の池の中央にある築山一面にあじさいが蒼い花をつけている。忠興の視線の先には花の上を舞う一匹の白い蝶があった。その蝶は庭に迷い込み行き先を忘れてしまったかのように風に流されながら花の周りを漂っている。それを忠興は身じろぎもせずにじっと見ている。忠利には父の後ろ姿が興秋の姿を追っているかのように映った。忠利は声を掛けることができぬまま父の背中越しに庭に舞う蝶の姿を追うばかりだった。

完

## あとがき

将軍秀忠が細川忠興に天下の政《まつりごと》はどのように行えばよいかを尋ねたことがあった。そのとき忠興は「角なる物に、丸き蓋をしたるようにするがよろし」と返答した。この忠興らしからぬ言葉は「天下の政は重箱を擂粉木《すりこぎ》にて洗うごとくにするがよい」と言った家康の言葉からきた後世の創作ではないかと思わせるほどだ。大名きっての短気で知られ権力に追従する者を極端に嫌った忠興に円熟という言葉は似合わない。性格もかつて信長が「忠興はわしによく似たところがある」と、近習に漏らしたと伝えられている。忠興は自我がことのほか強く、家督を忠利に譲ると明言してからも引退する様子もなく忠利に当主の座を譲ったのはそれから実に十七年もの後のことだった。それも江戸参府直後病を得、いよいよ体力の限界を感じたことによるものだった。

家康は秀忠がはじめて入洛する際、有職故実に通じた家柄の忠興に作法について教授するよう懇請した。さらにその後、茶の道についても秀忠に指導するよう要請した。そのとき忠興は自分は未熟なので他の者に就かれるようにと返答したが、家康は秀忠をなにも茶人にするわけではなく、武人としてのたしなみとしての茶を教えてくれればよいといって譲らなかった。家康は忠興を単なる無骨な武人とはみていなかったのだろう。

「角なる物に、丸き蓋をしたるように」という忠興の言葉は、かつて廃嫡した嫡男忠隆や勘当した興秋に伝えたかった言葉でもあったように思える。二人の息子は父忠興に似たところがあり、一度こうと決めると容易に考えを変えないところがある。例えていえば器にピッタリとした蓋のような性格のところがある。隙間のない蓋の上から水を注いでも器の中に入っていくことはなく、ましてや食材を加えることもできない。忠隆は妻千世を離縁することなく守っていこうと決意した後、父の説得にあっても自分の考えを変えることはなかった。興秋もまた家督について徳川幕府から不当な介入を受けたと思い込んでからというもの、一気に反徳川へと走った。つまり自分の思考にピッタリと蓋をして他者の意見を受け付けなくなってしまったのだ。そうした子供たちに対して忠興はもどかしい思いをしたに違いない。しかし自分の思いを根気強く伝えるほどの寛大さを忠興は持ち合わせてはいなかった。これは忠興の自戒の言葉でもあったのかもしれない。

そんな忠興も隠居して三斎と名乗るようになってからは勘当した忠隆との関係改善に努め、北野の忠隆邸を尋ね勘当を解き細川内膳家を立てさせ、交流を再開するようになる。その後、忠興は忠隆に肥後藩主忠利を補佐するよう要請するが、忠隆は祖父幽斎の風雅の道を引き継いでいくといって政治には携わらなかった。忠隆は別れた妻千世の願いを叶えるべく長女徳を西園寺実晴の元に嫁がせ、次女吉を奥山秀宗に、三女福を大納言の家系である久世家初代中将通《みち》式《のり》に嫁がせた。西園寺実晴は忠隆の金銭的援助もあって後に左大臣まで昇進した。四女萬は不幸にして早世した。忠隆は千世と別れて十年後に長谷川喜久を娶り二人の男子を儲けるが、祖父幽斎から受け継いだ隠居料三千石のうち、五百石を徳に、百石を福にそれぞれ形見分けとして与え子供たちの将来を気遣っていた千世の願いを最期まで忘れることはなかった。

（追記）

この小品はかつて出版した「細川忠利兵法異聞」と前後して書かれたものでしたが、新たに書き直したものを郁朋社佐藤聡編集長のご協力を得てこのたび新たな息吹きを与えられることとなりました。佐藤編集長にお礼申し上げます。

また剣道の師であり、創作活動を長年応援してくださった故前島七郎先生（元全日本官公庁剣道連盟副会長・元ＮＴＴグループ全国剣道連盟顧問）に改めて感謝の意を表したいと思います。

令和元年　秋

斎藤光顕

水無月《みなづき》の雨《あめ》
――細川家騒動《ほそかわけそうどう》――

令和二年一月十二日 第一刷発行

著者 斎藤《さいとう》 光顕《みつあき》

発行者 佐藤 聡

発行所 株式会社 郁朋社《いくほうしゃ》
東京都千代田区神田三崎町二―二〇―四
郵便番号 一〇一―〇〇六一
電話 〇三（三二三四）八九二三（代表）
FAX 〇三（三二三四）三九四八
振替 〇〇一六〇―五―一〇〇三二八

印刷
製本 日本ハイコム株式会社


郁朋社ホームページアドレス http://www.ikuhousha.com
この本に関するご意見・ご感想をメールでお寄せいただく際は、
comment@ikuhousha.com までお願い致します。


ISBN978-4-87302-709-8 C0093